我們

Мы

葉夫根尼·薩米爾欽 著
Евгений Иванович Замятин
何瑄 譯

目次

Мы
我們

筆記一

摘要：
發布通知．最為睿智的一道直線．史詩巨作

我，一字不漏地，抄錄今日刊登在《聯眾國報》上的內容：

再過一百二十天，「積分號」建造即將完工。第一艘「積分號」航向宇宙的偉大、歷史性的一刻即將到來。千年以前，各位英勇的祖先創建了聯眾國統治全球。而今諸位面臨一項更加光榮的任務：藉由玻璃材質、電流驅動與噴射火焰的「積分號」整合無窮的宇宙方程式。其他星球的生命或許仍處於野蠻原始的自由狀態，諸位的任務就是征服這些未知生命，為其套上理性的恩澤枷鎖。我們為他們帶來了一種數學般精確無瑕的幸福，假如他們無法領會這點，我們的職責就是迫使他們接受。然而，在訴諸武力之前，我們應該先嘗

試語言的力量。

故此，以至恩主之名向聯眾國全體編號發布通知：

一切有能之士，皆應撰寫論文、詩篇、宣言、頌歌或其他形式的創作讚頌我偉哉雄壯之聯眾國。

這些文章將成為「積分號」首批載運物品。

聯眾國萬歲！眾編號萬歲！至恩主萬歲！

我抄錄這段新聞的同時，感覺自己雙頰發燙。是的，整合浩瀚無垠的宇宙方程式。是的，消除野蠻的曲線，以切線[1]——漸近線[2]——直線方程式使其趨直。因爲聯眾國就屬於這道直線。偉大、神聖、精確、智慧的直線——最爲睿智的一道直線……

我，D－503，「積分號」的建造者——僅是聯眾國諸多數學家之一。我的筆素來習慣和數字打交道，沒有能力譜曲寫詩。我決定只記錄自己所見、所思——或者更精確地

---

1 數學上指與曲線或曲面相觸於一點，而不與相交的直線。

2 當曲線上的動點沿著曲線無限遠離原點時，動點到一條定直線的距離趨近於零，則這條定直線稱爲曲線的一條漸近線。

說，我們的所見所思（正是如此，我們，就用《我們》作爲這份筆記的標題）。這份筆記將成爲我們生活的導數[3]，記錄我們在聯眾國數學般的完美生活，若然如此，儘管非我本意，這份筆記本身不就成了一首史詩巨作嗎？是的——對此我確信無疑。

我寫這段話時，同樣感覺雙頰發燙。約莫就像女性首度察覺腹中幼小又模糊的胎動之心情。這胎兒既是我卻又非我。我必須耗費漫長月份，以自己的精力、自己的血液來餵養它，而後承受劇痛將它撕扯出體外，奉獻於聯眾國腳下。

但我已做好準備，就像所有人，或者說幾乎跟我們當中的所有人一樣。我準備好了。

3 導數就是曲線在指定點切線的斜率，是微積分中的重要基礎概念。物理學、幾何學、經濟學等學科中的一些重要概念都可用導數來表示。例如：導數可表示運動物體的瞬時速度和加速度、曲線在一點的斜率或經濟學中的邊際和彈性。

筆記二

摘要：
芭蕾．和諧的方陣．X

春天來臨。風從綠牆外、不知處的野原攜來某種香甜黃色花粉。這種一伸舌便能舔到的甜蜜花粉把我們的嘴唇弄得乾燥不已——今日我遇見的所有女性（當然還有男性）想必都有著甜蜜雙唇。這個念頭有點干擾我的邏輯思維。

然而看看天空！碧藍如洗，萬里無雲（古人的品味多麼原始，他們的詩人竟會從那堆毫無意義、奇形怪狀、愚蠢飄盪的水蒸氣凝結體中尋求靈感）。我只愛——沒錯，我深信如此，甚至可以說：我們只愛這種——毫無瑕疵、清潔溜溜的天空。在這種天氣下，整個世界宛如綠牆和我們的所有建築一樣，皆用堅固且永久的玻璃鑄成。在這種天氣裡，我們彷彿能洞悉迄今不為人知的奇妙方程式，那是萬物至深奧秘，最平凡不過的日常事物也能發現其蹤跡。

唔，就如下述案例。今天早上，我在建造「積分號」的裝配廠內，忽然注意到工具機：離心式調速器[1]閉上雙眼，雙球忘情地不停旋轉；發亮的曲柄左右側彎；平衡器自豪地晃動肩膀；插床鑽頭隨著無聲的音樂節奏下蹲。我驀然感受到這座沐浴在淡藍色陽光下，跳著機械芭蕾的巨物之美。

接著我開始自問：何以感受到美？這場舞蹈何以如此美妙？答案：因爲這是一種受到制約的活動，這場舞蹈的深刻意義即爲對理想的制約狀態在美學上的絕對臣服。假如我們的先祖果眞在生命中最爲熱情勃發的時刻沉浸於舞蹈中（如神秘的宗教儀式、閱兵大典），那麼，這僅意味著一項結論：制約的本能自古以來便存在於人性之中，今日的我們——只不過有意識地……

我的筆記得晚點再寫了，因爲通訊機發出了嗚響。我翻了個白眼：是O－90，當然囉。再過三十秒她就會抵達這裡，找我一同去散步。

親愛的O！我總覺得她人如其名：她比規定的母性標準矮了約十公分，因此全身上下

1 又稱瓦特調速器或飛球調速器，爲英國工程師詹姆斯．瓦特於一七八八年所設計，藉由兩顆重球錐擺結構連接至蒸汽機閥門，以此控制蒸汽機的運行速度，是世上第一個自動控制系統。

顯得圓滾滾的，無論我說什麼，她玫瑰色的雙唇都會張成O形作答。還有，她的手腕上環著一圈肉乎乎的小褶痕——通常只有幼兒才有這種皺褶。

當她進來時，我的邏輯轉輪依舊占據腦海嗡嗡迴響，我習慣性地跟她談起我發現的方程式，它囊括了機器、舞蹈與我們的一切。

「多奇妙呀，不是嗎？」我問。

「是呀，美妙極了，春天來了。」O－90報以天真微笑。

你們瞧，眞是的，春天……她竟然談起春天。女人哪……我無語。

我們往下走。街道上擠滿了人，在這種好天氣，我們通常利用午後的個人時間進行散步。一如既往，音樂鐘塔高奏著《聯眾國進行曲》，成千上百名編號身著淺藍制服[2]，胸前別著金色名牌——上頭標示每位男性與女性的聯眾國編號——大家四人一排整齊列隊，與高采烈，步伐一致。我，或者說我們四人，只是這股巨大潮流中的無數浪花之一。我左邊是O－90（若是我某位留著長髮的祖先在千年前撰寫這份筆記，大概在稱呼她時會加上那個可笑的詞彙：「我的」[3]）；右邊則是兩個陌生編號，一女一男。

---

2 作者註：可能源自於古代的制服。

3 指以我的誰（妻子、女友）來稱呼人，對比書中世界的稱呼只用號碼。

青空悠悠，每個人的名牌閃爍著無數微小陽光，驅散了臉部的狂熱陰影……光之美——你們能領會嗎？一切盡由某種帶著歡笑、熠熠生輝的物質所組成。銅管樂器奏著「噠啦噠噠、噠啦噠噠」的節拍，在陽光下燦爛生輝，伴隨每個銅樂音階——你們向上攀升，朝著炫目青空越登越高……

好似上午在裝配廠見到的機器一樣，我看著眼前事物，再度浮現生命中第一次見到它們的感受：精準筆直的街道、閃閃發光的玻璃路面、神聖的平行六面體式透明住宅和一排排灰藍色編號組成的和諧方陣。彷彿是我，正是我本人，而非過去幾代人類——贏得了這場與舊神、舊生活的戰爭，是我創造了這一切。我感覺自己像是一座塔，不敢挪移肘臂分毫，以免牽動牆體、穹頂與機器，導致全面崩塌粉碎。

接著，我的思緒瞬間飛掠了好幾個世紀，我忽然想起（顯然是對比聯想的結果）在博物館看到的一幕畫面：二十世紀的街道充斥著喧鬧雜亂、五顏六色的人群、車輛、動物、招牌、樹木、色彩與鳥類……據說，這些東西確實、或說可能曾經存在於世。我認爲這太過荒謬離奇，忍不住笑出聲來。

右邊忽然傳來一陣輕笑，彷彿是我笑聲的回音。我轉過頭，看到一排異常潔白尖銳的牙齒和一張陌生的女性臉龐。

「請見諒。」她說：「不過方才您如此熱切地環顧四周，好像傳說中的上帝在第七日審視自己的創作。我感覺就連自己都是由您親手創造。我深感榮幸……」

她說這話時，臉上不見笑意，甚至可以說，還帶有一絲尊敬（也許她知道我是「積分號」的建造者）。但不知爲何，她眉眼之間蘊含某種未知的X，使我備感煩躁，我無法辨別那是什麼，或以數學公式定義它。

我莫名感到尷尬，用有點暈的腦袋，爲自己剛剛的笑聲提出合乎邏輯的解釋，我說很明顯，以前跟現在相比，兩者之間存在著無法逾越的深淵……

「爲何說無法逾越呢？（多麼潔白的牙齒啊！）我們或許能在深淵上搭建一座橋梁，您想想看：鼓聲、行伍、列隊——這些都曾在古代出現，所以說……」

「唔，當然無法啊！」我叫道（我們的想法竟然有所交集，她說的幾乎就是我在散步前寫下的話語）。「你了解嗎？現在的我們就連認知觀點都相同。這是因爲如今已然沒有人是單獨個體，而是集體的一部份。我們是如此相像……」

她說：「您確定嗎？」

我看見她銳利的眉梢高高挑起，聳入雙鬢——宛如字母X的銳利雙角，莫名地，我又感到不知所措，不由得看向右邊，再看往左邊……。

我右側站著她——身材纖細、線條分明，好似枝條一樣柔韌，她是I－330（我終於看到她的編號）；左邊是O，她完全是另一種類型，全身上下圓潤豐盈，手腕肌膚還有孩童般肥軟的小褶痕；我們這排最外緣是一個陌生的男性編號，他上下佝僂，恰似一個S形。我們四人的外型可說是全然不同……

右邊的I－330約莫察覺到我慌亂的眼神，於是嘆息道：「是啊，唉……」

事實上，這聲嘆息完美而貼切地表達了我的想法。可她的表情或聲音又具有某種意味……

我一反常態，尖銳道：「何必嘆氣，科學正在進步，即便不是現在，經過五十年、一百年……」

「屆時所有人的鼻子都會……」

「對，鼻子。」我幾乎叫喊道：「無論如何，人們總有嫉妒的理由……例如我的鼻子扁得像『鈕扣』，而別人的鼻子……」

「嗯，您的鼻子，套用古代的說法，大概是『古典型』；至於您的手……別這樣，讓我看看您的手，讓我看看嘛！」

我討厭別人盯著我的手看，上頭覆蓋著濃密的汗毛——可笑的返祖現象。我伸出手臂，盡可能以不在乎的語氣表示：「像猿猴一樣。」

她看看我的手，接著望向我的臉。

「確實是種獨特的組合。」她用雙眸掃視我，好似以天平衡量我的價值，眉梢再度高高挑起。

「他登記在我名下了。」O－90愉悅地開口說道。

這種時候她最好保持沉默，完全沒必要插嘴。總之，這個親愛的O……我該怎麼形容她呢？她的說話速度沒有經過正確計算——說話速度應當比思考速度慢一些才好，可她剛好相反。

街道盡頭，儲能塔上的大鐘隆隆敲響十七下。個人時間宣告結束。I－330和長得像S形的男性編號一起離開。我終於看見他的臉孔，他有某種令人肅然起敬的特質，甚至有點眼熟。我一定在某處看過他，現在卻想不起來。

I以相同的X風格，朝我微笑道別：「後天來一一二禮堂找我。」

我聳聳肩。

「如果我有被分配到這個禮堂的話……」

她以一種奇特的篤定語氣說道：「您會的。」

這女人讓我感到心煩，像一個方程式中意外混入了不可通約的無理數[4]。我很高興能和親愛的O單獨相處，儘管時間不長。

4 又稱無限不循環小數，如圓周率π。

我牽著她的手走過四條大街。在下一個街角，她就要向右轉，我則是向左。

「今天我眞想去您家，拉下窗簾，就是今天、就是現在……」O抬起圓潤晶亮的清澈藍眸，羞怯地望著我。

她眞可笑。我能對她說什麼呢？她昨日才與我共度，而她也清楚知道，我們下一個性交日是在後天。這只是再度證明她的思緒過於超前，就像引擎尚未發動，卻先冒出火花一樣（有時會造成危險）。

分別時，我兩度……不，我應該精確點——我三度親吻了她清澈蔚藍、沒有絲毫陰翳的美麗雙眸。

筆記三

摘要：西裝・牆・時間表

我瀏覽一遍昨日的筆記——發現我寫得不夠清楚。

當然，對我們之中任何一個人來說，這一切都記錄得十分清楚明瞭。不過，誰知道「積分號」將來會把我的筆記運送到何人手上呢？或許，你們就如同我們的祖先一樣，偉大的文明之書僅讀到九百年前那一頁便戛然而止；或許就連這些基本常識，例如時間表、個人時間、母性標準、綠牆、至恩主等，你們都不知道。要解釋這所有的一切，我感到既可笑又無比困難，就好比一位二十世紀的作家，必須在自己的小說中逐一解釋何謂「西裝」、「公寓」、「妻子」這些詞語一樣。但如果他的小說要翻譯給原始人閱讀，怎麼能夠缺少關於「西裝」的詳細解釋呢？

我相信，目睹西裝的原始人內心會想：「嗯，這有什麼意義？只是累贅而已。」我認爲，假如我告訴你們，自從兩百年戰爭結束以後，我們當中沒有任何一個人跨出過綠牆，你們也會有如同原始人看到西裝時的相同感受。

然而，親愛的讀者，請多少發揮一點想像力，這對你們大有裨益。據我們所知，人類的歷史顯然是從游牧型態朝向定居社會發展。由此可見，現在（我們）的極致固定生活形式，不正是最完美的生活形態嗎？過往，人們輾轉從世界的一端遷移到另一端，這種情況只發生在國家、戰爭、貿易仍舊存在與發現新大陸的史前時代。如今，誰還需要這麼做？

我認爲，人類這種定居習慣並非一蹴而成。兩百年戰爭期間，道路盡毀，荒草叢生——起初，人們居住在不同城市，相互爲綠色荒野隔絕，生活想必十分不便。可是，那又如何？人類剛失去尾巴的時候，想必也無法在短時間內學會如何不用尾巴驅趕蒼蠅。我敢說，早期的人類必然也困擾於沒有尾巴的生活。然而到了今天——你們能想像自己長了一條尾巴嗎？抑或是，你們能想像自己一絲不掛、赤身裸體地在街上行走嗎？（或許，你們仍舊穿著「西裝」出門也不一定）我們的情況亦然：我無法想像一座沒有綠牆遮蔽的城市，亦無法想像沒有時間表與精確數字的生活。

時間表……由金色底色與紫色數字組成，此刻正掛在我房間牆上，嚴肅又溫情脈脈地凝視著我。我不禁想起祖先們稱之爲「聖像」的東西，內心浮現創作詩歌或祈禱文的念頭

（兩者其實是同一件事）。啊，爲何我不是詩人呢？如此便能恰如其分地歌頌時間表、歌頌聯眾國的心臟與脈搏。

我們所有人（你們可能也是如此），孩提時候都在學校讀過古代文學遺留下來的最偉大、動人的巨作——《鐵路時刻表》。不過，將它與時間表相比——你們會見識到石墨與鑽石的差別：儘管兩者皆由碳元素構成，但鑽石的光芒是何等永恆、澄澈與璀璨！有誰在匆匆翻閱《鐵路時刻表》時能不興奮得屏住呼吸？可時間表不同——它切切實實地將我們每一個人轉化爲史詩巨作中的鋼鐵英雄。每天早晨，百萬個我們像齒輪機器一樣精準地在同一時刻醒來，又在同一時刻一致展開工作——並在同一時刻集體結束工作。我們如同百萬隻手被安裝在同一軀體，按時間表的指示，在同一秒鐘，同時將湯匙舉到嘴邊；又在同一秒鐘，集體出門散步、走入禮堂、進入泰勒[1]運動廳，又在同一時刻，一齊上床睡覺。

我得坦言：即便是我們，也並未獲得關於幸福命題的絕對精準解答。一天兩次——從下午十六點到十七點，以及晚上二十一點到二十二點，我們強大的聯合機體會分解爲無

---

1 腓德烈・溫斯洛・泰勒（Frederick Winslow Taylor, 1856-1915），美國管理學家及機械工程師，重要著作有《計件工資制度》、《車間管理》與《科學管理原理》。他是科學管理理論的首倡者，主張以科學化的方式篩選、管理與訓練工人，並制定「動作」和「時間」的標準體系，以提高勞工生產效率。其理論又稱爲「泰勒制」，在二十世紀初期獲得廣泛推動，不僅促成資本主義社會轉型，列寧在建立蘇維埃政權時，亦主張引進泰勒的理論；史達林時期推行的計畫經濟即爲結合國家政權與泰勒制的國家管理形式。

數個獨立細胞：這是時間表規定的個人時間。在這段時間，你們會看見一些人悄悄地放下房間窗簾；另一些人邁著整齊步伐，在大街上列隊漫步；或者像我一樣，端坐在書桌前。然而，我堅信：我們遲早會在大一統公式當中找到地方放入這些時段，總有一天，這八萬六千四百秒鐘皆會納入時間表中。

我曾聽過、讀過不少人類生活在自由狀態的年代（即無秩序的野蠻狀態）所發生的奇異故事。對我來說，最難以置信的是，當時的政府——哪怕是最原始的國家機關，竟能允許人們在缺少近似於我們的時間表的規範狀態下生活——他們不須按規定散步、沒有用餐時間的精準規定、可以隨意決定什麼時候起床、睡覺。一些歷史學家甚至指出，當時的街道徹夜敞亮，整晚都有行人車馬來來去去。

對此我實在無法理解。要知道，即便那個年代的人們智慧有限，可也應該意識到，儘管緩慢，這種生活實際上是日復一日的集體謀殺。國家（出於人道主義）禁止對個人處以死刑，卻對半數國民進行慢性謀殺。殺死一個人，意即將個體生命減少五十年，被視爲一種罪行；可將人類的壽命集體縮減五千萬年，卻不構成犯罪。這不是很荒謬嗎？這種數學道德問題，我們隨便一個十歲的編號都能在半分鐘內解答。可那些人卻做不到這一點——

他們所有的康德[2]加在一起都辦不到。（因爲他們的康德無一能夠領悟與建立科學倫理體系——一種以加減乘除爲基礎的科學倫理體系）

此外，當時的國家（他們竟敢自詡爲國家！）對人民的性生活毫不管束，這難道不是件荒謬的事嗎？只要人們想，隨時都能性交，想做幾次就做幾次……簡直跟動物一樣，完全不科學！他們甚至如動物般盲目地生育下一代。這不是很可笑嗎？他們通曉園藝、畜牧、漁業等知識（我們有明確的數據資料，證明他們完全掌握這些知識），卻未能踏上這道邏輯階梯的最後一級——生育學。（他們竟然沒能發現我們熟知的母性與父性標準）

這眞是太可笑、太難以置信了，導致我在寫這段話時，暗自擔憂未來的不知名讀者會以爲我是個愛說笑的惡劣傢伙，以爲我故作正經地說些無稽之談，只爲了嘲弄各位。

可是，首先，我並不擅長說笑——每個笑話當中都隱藏著謊言；其次，聯眾國的科學研究證實，古人的生活正如我先前所述，而聯眾國的科學絕不可能有誤。當古人如同一群猿猴、野獸般生活在自由狀態之下，又怎能發展出國家邏輯？甚至到了今天，我們當中還

2 伊曼努爾．康德（Immanuel Kant, 1724-1804），是啓蒙時期最後一位主要哲學家，也是德國古典哲學創始者，對西方近代哲學產生重要影響，開啓德國唯心主義等眾多流派。代表著作有《純粹理性批判》、《實踐理性批判》、《判斷力批判》，闡述其知識學、倫理學與美學思想，合稱爲「三大批判」。

有些人不時聽見內心深處的遠古角落傳來猿猴時期的野性回音，我們又能要求古人做得多好呢？

所幸這種案例僅是偶爾發生，如同微小破損的零件，可以輕易修復，不會阻礙整部機器偉大、永恆的行進步伐。我們有至恩主熟練、強大的鐵腕以及保衛者明察秋毫的雙眼，清除這些變形的小螺絲釘……

對了，順帶一提，我想起昨天見到的那個身形如字母S上下佝僂的編號是誰了——我似乎曾在保衛部見過他出入。我現在理解，爲何當時下意識地對他懷抱敬意，以及看到站在他身邊，脾氣古怪的I，我會感到困窘……我必須承認，對於I……

鐘響了，現在是睡覺時間：晚上二十二點三十分。明日繼續。

筆記四

摘要：野人與晴雨計．癲癇．如果

目前爲止，我對生活中的所有事物全都一清二楚（似乎因爲如此，我多少有點偏愛「清楚」這個詞彙）。可是今天……我眞不明白是怎麼回事。

首先，正如她所言，我確實收到前往一一二號禮堂的通知單，這種概率只有一千萬分之一千五百，也就是兩萬分之三（一千五百是禮堂的數目，一千萬則是編號的數目）。其次……我還是按照條理依序說明爲好。

禮堂是一座巨大的半圓形玻璃建築，陽光直瀉而下，裡頭圍坐著一圈又一圈，優美、渾圓且頭髮理得平短的腦袋。我略略屏息，環顧搜尋四周——我是想能否在一片藍色制服浪潮中，找到O可愛的、彎彎翹起的粉紅唇瓣。這時，我看到一副異常潔白、銳利的牙齒，就像……不，不對。今晚二十一點，O會來到我的住處——我在這裡渴望見到的自然只會是她。

正好——鐘響了。我們起立，一起唱頌聯眾國國歌——俏皮風趣的預錄演說員[1]裝配著閃亮的金色擴音器，出現在講台上。

「尊敬的編號們！不久前，考古學家們發掘出一本二十世紀的書籍。善於諷刺的作家在書中講述了野人與晴雨計的故事。野人發現，每當晴雨計的指針停在『雨』的字樣時，確實就會下雨。因爲野人希望下雨，他挖出了不少水銀，好讓指針停留在『雨』的字樣上。」（銀幕上出現一個披著羽毛的野人，正在動手挖水銀。眾人哄笑起來。）

「你們都在嘲笑他，然而，你們不覺得那個時代的歐洲人更加可笑嗎？歐洲人同野人一樣希望『下雨』——並非字面含意，而是具有代數意義的雨。可他只會像個落湯雞一樣站在晴雨計前，毫無對策。野人至少還有點勇氣、幹勁與邏輯——儘管是野蠻的邏輯，可他擁有判斷因果關係的能力。藉由挖出水銀，他得以向偉大的征途跨出第一步……」

聽到這裡（再重申一次，我照實記錄，毫不隱瞞），有好一陣子我對擴音器傳來的滔滔不絕的激奮演說充耳不聞。我忽然覺得，自己沒有理由來到這裡（爲何「沒有理由」

1 此爲機器人。

呢？既然收到了通知單，我能不來嗎？）我感覺一切無比空洞，好似空殼一般。我勉強把注意力拉回來，此時預錄演說員正好講到主題：我們的音樂、數學構成的樂曲（數學是因，音樂是果）和不久前發明的音樂製造機。

「……只要轉動手把，你們任何人都能在一小時內製造出三首奏鳴曲。對你們的先祖來說，這點何其艱難啊！他們唯有讓自己獲得『靈感』激發——即一種未知的癲癇症，才能進行創作。這裡有一個有趣的實例，來自他們的創作：二十世紀的作曲家——史克里亞賓[2]的作品。這個黑色的箱子——」講臺上的帷幕向兩側拉開，一種上古樂器出現在我們眼前——「這個箱子他們稱爲『三角鋼琴』或『皇家鋼琴』，再次證明他們的音樂創作是多麼……」

接下來的內容，我又沒能記住，或許是因爲……唔，我還是直說吧，是因爲I－330，她走到這個「鋼琴」箱旁邊。可能是因爲看到她突然出現在講台上，我吃了一驚。

她穿著奇特的古代服裝：一襲緊身的黑色長裙，將她裸露的雙肩與胸口襯托得格外

2 亞歷山大・尼古拉耶維奇・史克里亞賓（Алекса́ндр Никола́евич Скря́бин，1872-1915），俄國作曲家、鋼琴家，無調性音樂的先驅。

白皙，還有胸脯中央那道隨著呼吸起伏的誘人陰影……和那副白得耀眼、近乎邪惡的牙齒……

她露出一抹微笑，台下的我彷彿被螫了一口。她坐下來，開始彈奏，樂聲野蠻、急促、紛雜，如同古人當時的生活——沒有絲毫理性、機械化的影子。當然，我周圍的人都在哈哈大笑，他們笑得很有道理，只有少數幾個人沒有笑……可爲何我——我也……

是的，癲癇是種精神疾病，一種痛楚。遲緩、甜蜜的痛楚——是種嚙咬——越發深入、疼痛。此刻，日光慢慢湧現——並非我們所熟悉的，均勻穿透玻璃牆面的碧藍、晶亮陽光，不，而是一種狂野、炙灼的烈陽——它急湧而來，傾盡全力將一切毀成碎片。

坐在我左側的編號斜眼瞥向我——發出咯咯笑聲。不知爲何，我清楚記得這一幕：我看見他的嘴唇冒出一個微小的口水泡泡，然後破裂。這個泡泡使我清醒過來。我又恢復成原先的我。

如同其他編號，我只聽見古怪荒謬、紛亂嘈雜的弦音。我笑了起來，感覺一陣輕快。天才的預錄演說員過於生動地向我們展示了那個野蠻年代——僅此而已。

後來，爲了做個對比，演講結束之際，預錄演說員特意播放我們的當代音樂。我懷著無比愉悅的心情聆賞。一串如水晶般清澈、絢爛的音階無窮盡地凝聚又分散——先是匯集泰勒[3]與麥克勞林公式[4]的和弦；接著推進至「畢達哥拉斯的短褲」[5]全音二次方的渾厚轉調；隨後是漸弱的阻尼振動[6]的憂傷旋律，伴隨停頓變換爲夫朗和斐譜線[7]的鮮明節拍——行星光譜般的美麗結構……多麼偉大的音樂！多麼恆穩的規律！古人任意創作的音樂，除了毫無限制的狂野幻想，別無其他，眞是可悲……

一如既往，我們四人一排，整齊有序地穿過大門，離開禮堂。熟悉的上下佝僂身影一閃而過，我鞠躬致敬。

再過一小時，親愛的O就要來了。我感覺自己興起一股正向、歡愉的激動情緒。到家了——我衝向管理室，將粉紅票塞給值班人員，獲得一張拉下窗簾的許可證——我們唯有在性交日才能行使這項權利。平時我們居住在透明四壁之中，牆面閃閃發亮，宛若空氣編

3 布魯克．泰勒（Brook Taylor, 1685-1731），英國數學家，以泰勒公式和泰勒級數聞名。

4 通過函數在自變數零點的導數求得的泰勒級數又叫做麥克勞林級數，爲牛頓的學生科林．麥克勞林（Colin Maclaurin, 1698-1746）於一七四二年提出，用來證明區域性極值的充分條件，與泰勒公式、泰勒級數同屬微積分公式。

5 即畢達哥拉斯的勾股定理，因圖形畫出來肖似一條短褲，故有此謔稱。

6 因振動系統受到摩擦和介質阻力或其他能耗而使振幅隨時間逐漸衰減的振動，又稱減幅振動、衰減振動。

7 德國物理學家約瑟夫．夫朗和斐（Joseph von Fraunhofer, 1787-1826）在太陽光的光譜中，發現了五百七十四條黑線，這些線被稱作夫朗和斐譜線。

織而成；我們的生活皆暴露在光天化日之下，無所遁形；我們彼此坦誠相見，毫不遮掩。這樣也能減輕保衛者崇高而艱鉅的工作負擔。否則，誰知道會發生什麼狀況。或許古人那奇形怪狀又不透明的住所正是造成他們狹隘、可悲的心理成因。「我的（原文如此！）[8]房子即我的堡壘。」虧他們想得出來！

到了二十一點，我放下窗簾，同時O微微喘氣，走了進來。她將粉色櫻唇與粉紅票一起遞上來。我扯掉票根，卻無法將自己扯離她的粉嫩雙唇，直到最後一刻——二十二點十五分，我才放開她。

隨後我向她展示我的筆記並侃侃而談——聊正方形、立方體、直線之美，感覺十分美好。她帶著嬌豔迷人的姿態傾聽——忽然，她的藍眸流下一滴淚水，又一滴，再一滴，直接落到攤開的頁面（第七頁）上。墨水字糊開來，好吧，看來我得重新抄寫一遍。

「親愛的D，如果您……如果……」

什麼「如果」？什麼「如果」？她又老調重彈，想要孩子了。或者，也可能是某個新話題，關於……關於那個人？儘管好像……不，這眞是太荒謬了！

---

8 原文爲拉丁文（sic），中文爲「原文如此」。表示引用的原文中，有不正確或可疑的拼寫、標點用法，而非引述者誤植。因這世界並無「我的」用法，怕讀者誤會他引述錯誤。

筆記五

摘要：
正方形．世界的主宰．愉悅且有益的功能

我又一次被搞糊塗了。再度與你們相見，我未曾謀面的讀者。我與你們這般交談，彷彿你們是……唔，打個比方，你們是我的老朋友，R－13，他是一位詩人，擁有黑人的肥厚雙唇，但他可是遠近馳名。而你們呢？你們可能生活在月球、金星、火星或水星——無人知道你們是什麼人，沒人認識你們，也不知道你們身在何方。

現在，請你們想像一個正方形——擁有鮮活生命、優秀卓越的正方形。它需要談談自己、談談自己的生活。你們得理解，正方形很少意識到要去談論自己的四個等角，因爲它天天見，習以爲常，也就變得視而不見了。我就處於這個正方形的狀態。嗯，好比粉紅票，以及與它相關的所有事物，於我而言，就像四個等角一樣理所當然；可對你們來說，

這些東西可能比牛頓的二項式定理[1]更加難以理解。

是以容我解釋。某位古代哲人曾說出一句智慧名言（想當然耳，純屬偶然）：「愛情與飢餓主宰著世界。」[2]因此[3]，爲了統治世界，人類應該反過來控制世界的主宰。我們的祖先付出高昂代價，最終征服了飢餓，我指的就是兩百年戰爭——這場城市與鄉村之間的鬥爭。大約是出於宗教偏見，野蠻的基督徒頑固地抓住自己的「麵包」不放。（我們不了解「麵包」這種物質的化學成分，此一詞彙作爲詩歌隱喻保留下來。）而我們現在的原油食品，早在聯眾國成立前三十五年就已研發出來。確實，戰後全球僅存十分之二的人口，可清除了千百年來遺留的種種汙穢，地表變得煥然一新！而這十分之二的倖存者也在聯眾國的殿堂之中，體會到至高無上的喜樂。

顯然，喜樂與嫉妒——兩者分別構成「幸福」此一分數的分子與分母。假如我們的生活中依然留存嫉妒的因子，那兩百年戰爭中犧牲的無數生命又有何意義可言？然而這項因子確實存在，因爲仍有「鈕扣型」塌鼻與「古典型」高鼻之分（我們先前散步時曾經提

1 牛頓在一六六四年至一六六五年間提出的定理，又稱爲廣義二項式定理。
2 此句出於德國詩人席勒（Friedrich Schiller, 1759-1805）。
3 原文爲拉丁文Ergo。

及），也因爲感情方面，有些人追求者眾，有些人乏人問津。

自然，征服了飢餓之後（以代數學的角度觀之，等同求得外部幸福的總和），聯眾國便開始進攻另一個世界主宰，也就是愛情。最後終於擊敗這股本能，更確切地說，是將其組織化、數學化。於是，三百多年前我們頒布了具有歷史意義的《性法》[4]：「任何編號皆享有將其他編號作爲性產品使用的權利。」

嗯，剩下的便是技術性的問題。性管部的化驗室會對你們進行詳細檢查，精密檢測血液中的性激素含量，並據此制定一套合適的性行爲時間表。之後，你們就能提出申請：希望在自己的性交日享受某編號（或某些編號）的服務。於是你們會收到一本正規的票據簿（粉紅色的），所有程序就完成了。

顯然，如此一來，嫉妒的因由便不復存在，幸福分數的分母化爲零——整個分數轉變成偉大的無窮數。於是，愛情這項釀成古人無數愚蠢悲劇的根源，到了我們的時代，已經轉化爲和諧、愉悅且有益的生物功能，就如同睡眠、勞動、進食、排泄等功能一樣。由此可見，邏輯的力量何其強大，足以淨化所有涉及事物。喔，若是你們這些不知名的讀者能夠體會到這股神聖力量該有多好！若是你們也能學會遵循這條正道並貫徹始終，該有多

4 原文爲拉丁文Lex sexualis。

好！

……奇怪的是，今日我筆下描述的是人類歷史發展的頂峰，呼吸的是山間最清淨的思想空氣，可內心莫名烏雲密布，好似蒙上一層蛛網，上頭還壓著一個交叉的、像長了四隻爪子的X。或許，那是我自己的爪子——因爲我那兩條毛茸茸的手臂總是在眼前晃動。我不想談論它們，也不喜歡它們：這是原始時代留下的痕跡。莫非我身上確實有……？

我想刪去這一切——它們超出了記錄範圍。可後來我又決定不刪了。且讓這份筆記如同極致精確的地震儀般，將我腦中最細微的波動曲線一一記錄下來。因爲有時正是這種波動向我們預示……

啊，這實在太荒謬了，應該刪去這些內容：我們已將所有不可抗力納入正軌，不可能發生任何意外災禍。

我現在完全明白了：我內心的奇怪感受正源於開頭所提及的正方形狀態。我內心並不存在X（不可能有這類東西）——我只是擔心，我不知名的讀者啊，會不會有X在你們腦中盤旋不去。可我相信，你們不會過度苛責我；我相信，你們能夠理解，我在寫作上面臨的難題，人類歷史上沒有任何一位作家可堪比擬——有些作家是爲了同時代的人們創作，有些則是爲了流傳後世，可不曾有人爲了先祖或近似於遠古先祖的原始生命體而寫作呀。

筆記六

摘要：突發狀況．該死的「顯然」．二十四小時

我再度重申：我認為誠實寫作是我的責任與義務。因此，我必須在這裡遺憾地指出：顯然，即便是我們也未能完成生活模式的穩固與定型，想要抵達理想國度仍有一段距離。所謂的理想國度是一個祥和平靜的社會（這點很清楚），可我們的生活……這裡有個糟糕的案例：今日我在《聯眾國報》讀到一則新聞，再過兩天，我們將在立方體廣場舉行審判大典。可見又有編號破壞了偉大的國家機器之運行，再次發生某些意料之外的事故。

此外，我也出了點狀況。雖說這事發生在個人時間，也就是專門安排處理突發狀況的時段，可畢竟……

十六點左右（確切來說，是十五點五十分），我正在家中。忽然，電話響起。

「D－503？」是個女人的聲音。

「是。」

「您有空嗎？」

「有空。」

「我是I－330。我現在坐飛行器去找您，我們一起去參觀古屋。您同意嗎？」

I－330……這個I總是令我感到惱怒，我厭惡她——近乎到忌憚她的地步。可正因爲如此，我應聲說好。

五分鐘後，我們已經坐在飛行器上。碧藍的五月天空宛如錫釉彩陶[1]，輕盈的陽光嗡嗡駕駛著自身的金色飛行器，不緊不慢地跟在我們身後。前方飄著一團白翳般的雲朵，好似古代愛神邱比特的臉頰，圓潤鬆軟、令人發噱。而這朵雲莫名地影響了我的心情。飛行器的前窗開著，風灌進來，吹得人嘴唇發乾，我懷著這個念頭，不由得頻頻舔唇。

現在已經可以望見綠牆外那些遙遠、模糊的綠色小點。接著，我的心跳微微一滯，飛行器下降——下降——再下降，彷彿沿著陡峭的山壁向下墜落——我們抵達了古屋。這是一棟搖搖欲墜、沒有窗戶的古怪建築，四周圍著一層玻璃罩：若非如此，屋子肯定早就塌

1 表面上色的錫釉陶器。

了。玻璃門邊有個老太太——她滿臉皺紋，尤其是嘴唇四周，布滿了層層皺褶，雙唇乾癟內縮，好似收束成一體——她竟還能說話，眞教人難以置信。可她確實開口了。

「喔，親愛的，妳又帶人來參觀我的小屋啦？」她皺巴巴的臉蛋亮了起來（確切來說，大約是因爲她的皺紋呈放射狀開展，遂產生「發亮」之感）。

「是呀，奶奶，又想來看看了。」I回答她。

老太太的皺紋再次發亮：「陽光多好呀，啊？怎麼啦？怎麼啦？哎呀，妳這個調皮鬼，哎呀，妳這個調皮鬼！我知道了，知道了！好吧，你們自己去吧，我還是留在這裡曬曬太陽就好……」

嗯……看來我的女伴是這裡的常客。我有點心煩意亂，或許是受先前所見的景象干擾：藍釉般的平滑天幕飄著一朵白雲，這幕景象始終揮之不去。

我們沿著寬廣、幽暗的階梯拾級而上，I開口說：「我眞愛她——那個老太太。」

「爲什麼？」

「不知道，可能是因爲她的嘴唇吧。也可能沒有任何原因，就是喜愛她。」

我聳聳肩。她繼續說，面上漾著微微笑意，也可能根本就沒有笑：「我覺得自己這種想法大錯特錯，顯然不該有『爲愛而愛』，應該是『因何而愛』。所有自然天性都應如此。」

「顯然……」我剛開口，便立刻意識到自己也用了同樣的詞彙，我偷偷看向I：不曉得她有沒有注意到？

她注視著下方，眼眸低垂，彷彿落下的窗簾。

我忽然想起：夜間接近二十二點左右，假如你們走在街道上，會看見在燈火通明的透明玻璃方格之中，總有一些垂下窗簾的黑色方格，而窗簾背後——她的眼簾背後又藏著什麼？她今天為何打來？這一切用意何在？

我推開一扇沉重、吱呀作響且不透明的門——我們進入一個昏暗、凌亂的房間（古人稱之為「公寓」）。裡頭有一架先前見過、長得奇形怪狀的「皇家」樂器和其他如同古代音樂一樣野蠻失序、瘋狂雜亂的色調與形狀。上方是白色平面，四壁漆成深藍色，還有花花綠綠的古代書封、黃銅燭台及一尊佛像，傢俱線條歪歪扭扭有如癲癇發作，無法納入任何一個方程式中。

我難以忍受這團混亂。可我的女伴顯然比我堅強得多。

「這是我最愛的——」她好似忽然想起什麼——露出一抹螫人的微笑和潔白銳利的牙齒。「更確切地說，是所有『公寓』之中最荒誕不羈的一個。」

「或者說是『國家』更為準確。」我補充道：「成千上百個小國，永無止盡地征戰，個個殘忍無情，就像……」

「嗯，是啊，當然了……」I說，神情看來十分嚴肅。

我們穿過一個房間，裡面有幾張小小的兒童床（在那個時代，孩童同樣屬於私人財產）；接著又走過好幾個房間，裡頭有閃閃發亮的鏡子、陰暗的櫥櫃、花色斑斕到刺眼的沙發、一座巨大的「壁爐」和一張紅木大床。我們現在普遍使用的優質永久性透明玻璃，在這裡僅是作爲簡陋且易碎的方窗玻璃。

「試想：曾經住在這裡的人們『爲愛而愛』，他們爲此內心燒灼、飽受折磨……」她的眼簾再度垂下。「如此愚蠢而隨便地消耗人類精力，我說的對嗎？」

她彷彿代我發言，說出了我的心聲。可她的微笑始終蘊含著那種令人心煩意亂的X。她的眼簾之下似乎藏著某種——我不曉得是什麼東西，卻教我無法忍受。我想同她爭吵，朝她大吼大叫（沒錯，正是如此），可我只能對她的話表示贊同——我無法否認。

我們佇立在鏡子前方。此時此刻，我眼中只有她的雙眸，心底忽然冒出一個念頭：人類的構造就像這些荒誕的「公寓」一樣古怪——人類的頭部是不透明的，內部只有兩扇小小窗戶，也就是雙眼。她彷彿猜到了我的想法，轉身說：「喏，這就是我的眼睛。您看……」（當然，說完這些話，她又沉默不語。）

在我面前是兩扇無比幽黑的小窗，裡頭隱藏著神秘、異樣的活力。我只看見火光——好似在一座「壁爐」當中熊熊燃燒——還有人影晃動，像是……

當然，我在她眼中看見的是自己的倒影，可我感覺很不自然，人影也與我毫不相像（顯然，四周環境對我造成了負面影響）。我感覺自己被古代生活的野蠻漩渦所俘虜，困在一座古怪的牢籠中。

「您聽我說，」I說：「我想請您去隔壁房間待一下。」她的聲音好似從幽暗的眼睛之窗後方，火焰熊熊燃燒之處傳來。

我離開房間，到隔壁間坐下。牆面架上放置一個長了朝天鼻、臉型不對稱的古代詩人雕像（大概是普希金[2]吧），他似笑非笑地直視著我。我為何要聽話地坐在這裡忍受這張笑臉？這一切到底有何意義？我為什麼在這裡？為何落到如此荒謬的處境？這個令我心煩意亂的可惡女人，還有這場奇怪的遊戲……

隔壁櫥櫃的門發出一聲砰響，接著傳來絲綢摩擦的沙沙聲，我努力克制自己不要過去——我不記得當時的確切想法，大概是想對她說些刻薄的話。

可她已經出來了。她頭戴黑帽，腳套黑色長筒襪，身穿一件明黃色的古代連身短裙。連身裙以輕薄的綢緞製成，是以我能清楚看見：那雙襪子很長，拉到大腿上，還有裸露的

2 亞歷山大．普希金（Aleksandr Pushkin,1799-1837），俄國文學家，俄國浪漫主義文學代表，俄國現實主義文學奠基人，被稱為「俄國詩歌的太陽」、「俄國文學之父」。

脖頸與雙峰中央那道陰影……

「聽著，您顯然想要標新立異，可您難道……」

「顯然，」I打斷我：「標新立異意味著與眾不同。因此，標新立異破壞了平等規範……所以，古人有句蠢話叫做：『甘於平凡』，對我們而言，這意味著僅需履行自己的義務，因爲……」

「是啊，是啊，的確如此。」我忍不住打斷她：「可您沒必要……沒必要……」

她走近朝天鼻詩人雕像，垂下眼簾，遮住雙眸深處（兩扇小窗之後）的野性火焰；或許是爲了安撫我，這回她說起十分嚴肅的大道理：「過去的人們竟然能夠容忍這種人，您不覺得訝異嗎？而且不僅是容忍，甚至是崇拜他們。多可怕的奴化思想！您說對嗎？」

「顯然……我的意思是說……」（這該死的「顯然」！）

「喔，是的，我明白。可您要知道，實際上，比起戴著王冠的君主，這些詩人才是更爲強大有力的統治者。爲何他們沒有被監禁或者消滅？在我們的國家……」

「是啊，在我們的國家……」我剛開口，她忽然就笑了起來。我從她眼中看見這抹笑意，笑意的弧度如同鞭子一般響亮、緊繃、柔韌而富有彈性。

我記得自己全身顫抖，想要抓住她，可我已記不清了……我應該做點什麼事情——什麼都可以。我下意識開啓自己的金色名牌，看了時間一眼：再過十分鐘就是十七點。

「您不覺得該回去了嗎？」我盡可能禮貌地問。

「如果我要您和我一起留在這呢？」

「聽著，您……您知道自己在說什麼嗎？我必須在十分鐘內趕到禮堂。」

「……所有編號皆有義務學習規定的藝術與科學課程……」I模仿我的語調說。接著她抬起眼簾，幽黑小窗透出熊熊火焰。「我認識衛生部的某位醫師——他登記在我名下。只要我提出請求，他會給您開一張病假證明。如何？」

我懂了。我終於了解這場遊戲的目的何在。

「原來如此！您知道的，身爲一個誠實的編號，一般來說，我應該立刻前往保衛部舉報，並且……」

「要不然呢？」她露出螫人的銳利微笑：「我很好奇，您究竟會不會前往保衛部？」

「您不走嗎？」我握住門把。門把材質是冰冷的黃銅，我的聲音聽起來也像冰冷的黃銅。

「稍等一下……可以嗎？」

她走到電話旁邊，念了一串號碼——我無比焦躁，以致沒能記住號碼，只聽她大聲說道：「我在古屋等您，是呀、是呀，只有我一個人……」

我轉動冰冷的黃銅門把，問道：「我可以開走飛行器嗎？」

「喔，當然可以！請便……」

大門口，老太太在陽光下打盹，好似一株植物。我再次驚異地看見，她張開皺縮成一團的嘴，問道：「您的女伴呢？她一個人留下來？」

「是的。」

老太太重新合攏嘴唇，搖了搖頭。想來，就連她那衰退的腦袋都能明白這女人的行爲是多麼荒唐與危險。

我恰好在十七點整趕到禮堂聽講。此時，不知爲何，我忽然意識到自己對老太太說謊了：I不是單獨留在那裡。或許是這個原因——我下意識欺騙老太太的行爲使我內心備受折磨，無法專注聽講。是啊，她並非獨自一人，這就是問題所在。

二十一點半後，我有一小時的個人時間。我可以在今天前往保衛部舉發她。

可經過這趟愚蠢的冒險，我感到無比疲憊。此外，按照法規，兩日內皆可舉報。明日再去也來得及，我還有整整二十四小時。

筆記七

摘要：一根睫毛．泰勒．莨菪[1]與鈴蘭

夜晚。綠色、橘色、藍色……紅色的皇家樂器和黃如甜橙的連身裙……接著出現一尊黃銅佛像，祂抬起黃銅眼皮——眼裡流出汁液，黃色連身裙也淌落汁液，鏡子同樣一滴一滴滲出汁液，大床、兒童床亦然，如今連我的身體也流出了汁液——一種近乎致命的甜蜜恐怖……

我驚醒過來：房內是柔和的藍光，玻璃牆與桌椅瑩瑩閃爍。這一幕使我平靜下來，猛烈心跳也逐漸趨緩。汁液、佛像……多荒謬啊！顯然，我病了。以前我從來不會做夢。

1 又名天仙子，藥用植物的一種，葉子有一種類似於腐肉的惡臭和令人不快的氣味。

據說，做夢對古人而言是極其正常、普遍的現象。唔，的確，畢竟他們的生活就是一團可怕的混亂：有綠色、橘色、佛像與汁液。可今日我們都知道，夢是一種嚴重的精神疾病。而我也知曉，在此之前，我的大腦是一台閃閃發光、纖塵不染、精準計時的機器，可現在……是啊，現在我感覺自己的大腦被某種異物入侵，宛如眼中落入一根極細的睫毛，全身知覺都集中在這粒沾染了睫毛的眼球，片刻無法忘懷。

床頭傳來清脆、響亮的鈴聲：上午七點，起床時間。從左右兩側玻璃牆望出去，彷彿照鏡子般，我能看見成千上百個與我相同的人，在相同的房間，穿著相同的服裝，執行相同的動作。當你見識到自己屬於強大的統一體的一部份，你會爲之感到振奮。眾人動作整齊劃一，毫無多餘的手勢、彎伏與轉身，這是多麼精確的美啊！

是的，泰勒無疑是古人當中最爲天才卓絕的一位。雖然，他沒能想到將自己的管理方法推廣到生活的所有層面，未能將自己的體系整合於二十四小時之中，從凌晨一點到二十四點，日日夜夜、每分每秒、無所不包。我不懂，古人怎能寫出塞滿數個圖書館的關於康德思想一類的書籍，卻幾乎不曾注意到泰勒這位眼界超越十個世紀的偉大先知。

早餐時間結束，眾人齊聲高唱聯眾國國歌。接著四人一排，整齊地走向電梯。馬達發出輕微的嗡嗡聲響，我們迅速下降——下降——下降，我的心跳微微一滯……

此時，不知爲何，腦中忽然又浮現那個荒誕夢境，或許是夢的某種未知作用影響。

啊，對了，昨天我也是坐在飛行器上，以同樣的方式下降。不管如何，一切都過去了，結束了。我做得非常好，堅定果斷地拒絕她。

我坐在地鐵車廂，朝「積分號」疾駛而去。此刻，「積分號」正靜靜躺在裝配廠內，它的美麗身軀尚未經過火焰昇華，於陽光下閃閃發光。我閉著眼睛，思考公式，再次心算需要多少初始速度才能讓「積分號」升空。因爲噴射的燃料消耗，每一原子秒[2]「積分號」的質量都在變化。這是一個包含超越數[3]、無比複雜的方程式。

我宛如作夢般沉浸於嚴實的數字世界中，恍惚中感覺有人坐到我身邊，輕輕碰了我一下，說：「不好意思。」

我睜開眼——起初，可能是「積分號」產生的聯想，我看見某個東西匆匆飛過：那是一顆頭顱，兩側的粉色大耳如翅翼鼓起，急速飛行。隨後我看見這顆腦袋下方的彎曲駝背——宛如上下佝僂的字母S……

透過我的代數世界玻璃牆，那根刺痛眼睛的睫毛又出現了——今天我必須得去，即便

2 原子秒是在未受外界干擾條件下，銫-133原子在零磁場輻射震盪9,129,631,770次所需之時間長度。該秒係於一九六七年爲國際度量衡委員會所採用，用以代替星曆秒。

3 不能用有理系數代數方程的根來表示的數值即爲超越數，例如：e和π。

那感覺不太舒服……

「沒事、沒事。您請便。」我對鄰座微笑，向他點頭致意。他的金色名牌上閃爍著S－4711的字樣（難怪我會第一時間聯想到字母S，這是一種下意識的視覺印象）。他的雙眼閃閃發亮，好似兩個尖銳的小鑽頭，急速旋轉，越鑽越深，一路鑽探到我心底最深處，發現那些連我自己都不敢面對的……

驀地，我恍然大悟：那根睫毛原來就是保衛者的一員，最簡單的方式就是當下向他全盤托出，毫不拖延。

「是這樣的，昨天我去了古屋……」我的聲音很怪，又扁又平，我試著咳嗽幾聲清清喉嚨。

「很好啊。那裡的素材想必爲您帶來極富啓發性的結論。」

「但是，請您理解，我並非單獨前往，我和I－330一起過去，後來……」

「I－330？我眞爲您感到高興。她是一位非常有趣且才華洋溢的女性。她擁有許多仰慕者。」

難道他也——對了，散步的時候……或許，就連他也登記在她名下？不，我不能向他舉報——絕對不行，這點顯而易見。

「是啊，是啊！正是如此、正是如此。對極了！」我的笑容越來越大、模樣也越來越蠢，我感覺這抹笑容使我顯得無比空洞、愚蠢。

鑽頭鑽到我心底最深處，隨後又飛旋著退出來，收回他眼裡。上下佝僂的S微微一笑，朝我頷首致意，迅速溜出車門。

我用報紙遮住臉（我感覺車廂內所有人都在注視我），接著讀到一篇使我震驚無比的報導，很快就把睫毛、鑽頭之類的念頭忘得一乾二淨。其中一小段寫道：「根據可靠情報，我們又發現某個地下組織的活動蹤跡，其目的在於解放人們，擺脫聯眾國施予的恩惠桎梏。」

「解放」？多驚人的字眼。人類的犯罪本能眞是恆存不滅。我特意使用「犯罪本能」一詞，因自由與犯罪彼此相連、密不可分，正如……唔，正如同飛行器的運動與速度：若飛行器的速度爲零，則無法移動；若一個人的自由爲零，則無法犯罪。這點顯而易見。使人類擺脫犯罪的唯一方法就是免除自由。而我們才脫離自由不久（從宇宙遼幅觀之，幾個世紀的時間確實「不久」），忽然又冒出這批卑劣的愚蠢份子……

不，我眞不明白，爲何昨天我沒有立即前往保衛部。今天十六點後非去不可……

十六點十分，我走上街頭，正好在轉角遇見O，這場意外相遇使她高興得滿臉通紅。「她眞是個頭腦簡單的女人。這正是我所需要的，她可以理解我並支持我……」不過，不，我不需要任何支持，我心意已決。

音樂鐘塔轟然齊整地鳴奏《聯眾國進行曲》——正是那支每日播放的進行曲。這種每日重複、如鏡像般明晰的規律，蘊含著如此難以言說的魅力。

O抓住我的手。

「一起去散步吧！」她望著我，圓圓的藍眸大張，彷彿兩扇通往內部的藍色小窗，我毫無阻礙地長驅直入，因爲裡頭空無一物，意即不蘊含任何異樣、多餘成分。

「不，我不能去散步，我必須前往……」我告訴她目的地，出乎意料的是，我竟看見她嘴角向下撇，粉嫩的圓潤雙唇變成一道下彎的月亮，彷彿聞到某種酸臭異味。我非常生氣。

「妳們這些女性編號，看樣子全都受到偏見腐蝕，無可救藥！妳們根本沒有抽象思維能力。恕我直言，這簡直就是愚鈍！」

「您要去找那些特務……唉呀，可是我剛剛才去植物館爲您採了一枝鈴蘭……」

「爲什麼要說『可是我』？爲何要用『可是』這個詞呢？這就是女人的毛病！」我憤怒地（我必須承認這一點）抓起她手中的鈴蘭，說：「喏，這就是您的鈴蘭花，您聞聞看，很香吧？是嗎？多少用一點邏輯思考吧！鈴蘭花聞起來很香，確實如此，可是您不能據此說明氣味和氣味本身的概念究竟是香或臭？您不能這樣說，對嗎？既然有鈴蘭花的芳香，自然也有莨菪的惡臭，兩者皆屬氣味。古代國家設有特務組織，我們自然也有我們的特務……是的，特務。我不怕說出這個詞。您難道不明白：古人的特務如同莨菪，而我們的特務卻是芳香的鈴蘭。是的，鈴蘭，正是如此！」

O那如同彎月的粉色雙唇不停顫抖，現在我明白自己可能誤會她了，然而當時我確信她就要笑出來了。於是我更大聲地吼道：「沒錯，就是鈴蘭花！有什麼好笑的！一點都不好笑！」

每個經過的圓溜溜腦袋都轉頭望向我們。O溫柔地牽起我的手，說：「您今天怎麼了……是不是生病了？」

我想起我的夢境——黃色——佛像……我當即明瞭：我應該先去衛生部。

「是，我確實生病了。」我高興地回答（這是一種無法解釋的矛盾心理，因爲根本沒有值得高興的地方）。

「那您應該立刻去看醫生。您是知道的，必須保持健康——要我跟您說明原因那就太可笑了。」

「喔，親愛的O，當然了，您說的對，完全正確！」

我沒有去保衛部，沒辦法，必須先去衛生部，結果在那裡耽擱到十七點。

晚上，O過來看我（反正也無所謂，保衛部夜間關閉不辦公）。我們沒有放下窗簾，而是一起研究古代練習本的算術題目，這種方式有助於緩和、清理我們的思緒。O坐在練習本前，腦袋微微左傾，舌頭在口腔內頂著左邊臉頰，努力思考。她這副模樣充滿孩子氣，可愛無比。是以我感覺很好，一切都是如此簡單明瞭。

她走了，剩我一個人。我做了兩次深呼吸（對入睡極有助益），忽然，意外地聞到了一股味道——使我想起某件不愉快的事……很快我就找出氣味來源：一枝鈴蘭花藏在我的床鋪內。我霎時感到思緒翻騰，所有回憶又從心底冉冉升起。不，她把鈴蘭藏在床鋪的行為實在太失禮了。唔，好吧，我沒有去保衛部，確實如此。可我病了，這不是我的錯呀。

筆記八

摘要：
平方根・R－13・三角形

很久以前，當我還是小學生的時候，「負1開根號」[1]首度出現在我生命裡。我記得十分清楚，宛如刻印在腦海中：明亮的圓形大廳內，坐著好幾百個腦袋圓滾滾的小男孩，而「啪啦啪」——是我們的數學老師。我們給它取這個綽號，是因爲它的機體太過老舊、鬆弛，每次值日生從它後背接上插頭，它的擴音器總會先發出「啪啦——啪啦——啪啦——」的聲響，然後才開始講課。某一天，啪啦啪在講授無理數，我記得自己哭了出來，用拳頭捶著桌面，哭喊道：「我不想要負1開根號！把它從我腦中拿走！」這個平方

1 即$\sqrt{-1}$，指虛數，代指不應存在的數字。

根彷佛某種古怪、陌生的異物，在我腦中生了根——它侵蝕了我，我無法理解它，也無法消除它，因爲它已經超出比值[2]。

而今負1開根號再次出現。我翻閱自己的筆記，然後清楚意識到：我是在欺騙自己，之所以如此，只爲了逃避不去面對它。我其實有辦法趕去保衛部——什麼生病之類的，全然無關緊要；假如這事發生在一週前，我很清楚，自己必定毫不猶豫前往保衛部。可爲何現在卻……到底是爲什麼？

就好比今日，十六點十分整，我站在晶亮的玻璃牆前，頂上是「保衛部」的招牌，字母散發出燦若金陽的純淨光輝。透過玻璃可見裡頭排著一條長長的淡藍制服隊伍，這些人的臉龐隱微發亮，好似古代教堂的油燈：他們來到此處建立偉大的功勳，向聯眾國的聖壇奉獻所愛之人、友朋與自己。而我——我急切地想要加入他們，可是我做不到，我的雙腳彷彿牢牢焊接在路面的玻璃地磚上——我只能傻乎乎地站在那裡，動彈不得。

「嘿，數學家，您在發呆嗎？」

我渾身一顫。眼前是一雙帶著笑意的漆黑眼睛與豐厚的黑人嘴唇，這是我的老朋友，詩人R－13。嬌豔的O與他同行。

---

2 原文爲ratio，意爲比率、比值。

我憤怒地扭過身去。（我認爲，若非受他們打擾，我早就走進保衛部，將負1開根號連皮帶肉從我腦中拔除。）

「我不是發呆，如果您願意，不妨稱之爲入迷。」我毫不客氣道。

「嗯，當然囉，當然囉！我親愛的朋友，您根本不該當什麼數學家，您應該當個詩人、詩人哪！眞的！加入我們吧，加入詩人的行列——如何？只要您願意，我馬上就能幫您辦妥，如何？」

R－13說話速度很快，話語滔滔不絕自他肥厚的雙唇湧出，口沫橫飛——每個「P」音、每個「詩人」[3]都伴隨著口水噴泉。

「我服膺於科學，未來也將如此。」我皺眉道。我不愛開玩笑也無法理解玩笑，可R－13偏偏有這個壞習慣。

「科學算什麼啊？您所謂的科學不過是一種懦弱，實在算不了什麼，事實就是如此。您只想用一堵牆包圍無限的概念，卻不敢朝牆外瞥一眼。是啊，您露個頭卻緊閉雙眼，就是這樣！」

「牆是所有人類的基石——」我開始辯論。

---

3 詩人的俄文單詞爲поэт，п發音近似英文的p。

R口沫飛濺地反駁，O也笑得圓臉通紅。我揮揮手，儘管笑吧，我不在乎。我顧不上這些，我需要某種東西來緩解、消除這該死的負1開根號造成的不適。

「這樣吧，」我繼續說：「不如一起到我家坐坐，解一些算術習題。」（我想起昨晚的平靜時光，或許今日也能如此。）

O看看R，又睜著圓眸看看我，雙頰泛起粉紅票般柔美動人的淺淺色彩。意思很明顯。

「可今天我……今天我的票是登記他的名字。」她朝R點點頭。「而晚上他有事，所以……」

R掀動濕潤亮澤的雙唇，好脾氣地說：「沒關係，我們只要半小時就夠了。對吧，O？我對你們的算術習題不感興趣，還是一起上我家坐坐吧。」

我不想一個人獨處，或者，更確切地說，不想與另一個頂著相同編號D－503（彷彿基於某種奇怪巧合）——全新且陌生的我共處。於是我前往R的住處。誠然，R的思維不夠精密協調，邏輯也顛三倒四、荒唐可笑，可我們依然是好朋友。無怪乎三年前我們不約而同選擇了嬌豔可愛的O，這使我倆的關係比學生時期更加親密。

隨後，我們抵達R的房間。裡頭所有陳設都和我的房間如出一轍：時間表、玻璃桌椅、衣櫃和床。可R一進門，便先後挪動兩張椅子——使得平面圖形產生位移，全然跳脫既定尺寸，破壞了歐幾里得原理。R呀，還是老樣子，完全沒變。在泰勒定理與數學科目上，他總是吊車尾。

我們一起回憶老「啪啦啪」，當時我們這群男孩時常在它的玻璃雙腿上貼滿表示感謝的小紙條（我們很愛「啪啦啪」）；我們也回想起法律老師（當然，這裡指的不是古代的宗教律法，而是聯眾國的法規），它的音量特別大，大到擴音器裡都會送出風來，我們這些孩子則跟著它扯開喉嚨高聲朗誦課文。有一次，小壞蛋R－13把碎紙片塞進它的擴音器裡，於是它每次念課文，就噴出一張碎紙。R做了壞事，自然受到懲罰，可現在想起這件事，我們全都哈哈大笑——我指的是我們三人——我得承認，我也笑了。

「如果它是眞人，像古代的修士那樣，那我們會怎樣？說不定會——」R的厚唇啪啪作響，發「B」音時口水噴飛如泉……

陽光穿透天花板與玻璃牆，灑落在我們的頭頂與左右兩側，地面則是陽光的反射。O坐在R－13的大腿上，藍眸同樣閃爍著微小的太陽光點。我內心暖洋洋的，感覺又恢復正常，負1開根號平靜下來，不再騷動作亂……

「對了，您的『積分號』建得如何？是不是很快就要飛上天空，去啓蒙其他星球的居民啦？嘿，您要加快腳步啊，動作快！不然我們這些詩人哪，會不停創作，數量多到您的『積分號』都載不動。每天從八點到十一點……」R搖頭晃腦地說，一邊抓抓腦袋；他的後腦勺好似一個捆了繩子的方形提箱，令我想起一幅古代畫作《在馬車上》。

我振奮起來，說：「啊，您也在爲『積分號』創作嗎？說說看您都寫些什麼？例如，您今天寫了什麼詩？」

「今天什麼都沒寫。我在忙別的事情……」發「B」音時，他的口水直接噴到我臉上。

「什麼事？」

R皺眉道：「——什麼事？喔，如果您一定要知道，我就告訴您吧——是判決書，我要用詩歌體裁撰寫判決書。有個白癡，是我們這群詩人之一……兩年來一直跟我們共處，看起來都很正常。誰知忽然間，他就對您冒出一句：『我是天才，凌駕律法之上的天才。』還亂寫東西……好了，說這些有什麼意思……唉……」

R－13的厚唇垂了下來，雙目也失去光采。他跳起來，轉身凝視牆外。我看著他那牢牢封閉的「提箱」後腦，暗忖：如今他的箱中翻騰著什麼樣的思緒呢？

我們陷入一陣尷尬、不自然的沉默。我不清楚是怎麼回事，可一定有什麼隱情。

「幸好，出現莎士比亞與杜斯妥也夫斯基等各類文豪的遠古世紀已經過去了。」我刻意高聲說。

R轉過頭來，又如先前那般滔滔不絕、口沫橫飛地暢談起來，可我感覺得出來，他眼中的歡樂光采已不復存。

「是啊，我親愛的數學家，幸好、幸好，算我們走運！我們是最爲幸運的算術平均值……正如您常說的：從零到無限，從愚人到莎士比亞……我們都是一個整體，就是如此！」

不知爲何，我忽然想起那個女人和她說話的口吻，彷彿有一條極細的線將她與R連在一起。（是什麼線呢？）這念頭出現的眞不合時宜，負1開根號又開始蠢蠢欲動了。我開啓名牌看看時間：十六點二十五分，他們只剩四十五分鐘使用粉紅票了。

「喔，我該走了……」我親吻O，又同R握手道別，便走向電梯。

到了街上，我穿越馬路走到對街，回頭望了一眼，只見那棟沐浴在陽光下的透明玻璃大樓，多了幾個灰藍色的不透明方格——這些拉下窗簾的方格，全都遵從泰勒制的幸福節奏。我的目光搜尋到R－13位於七樓的方格，他已經拉下了窗簾。

親愛的O……親愛的R……就連他也（我不懂爲何會寫下「也」字，不過寫就寫了）——他內在也有某種我無法理解的東西。儘管如此，我、他與O——我們三人構築了一個三角形，雖非等腰三角形，可仍屬於三角形。我們——若用我們祖先的話來說（或許，對你們這些異星讀者而言，這種用詞更加容易理解）——我們是家人。偶爾能在這裡休息片刻，將自己關進這個簡單、牢靠的三角形之中，避開外界的所有紛擾，也是件好事……

筆記九

摘要：盛大祭典．抑揚格與揚抑格[1]．鐵掌

這是盛大而光輝的日子。在這種日子，你會忘卻自身的軟弱、錯誤與病痛——而所有的一切都如同我們製造的嶄新玻璃般透亮、堅固、恆久不變……

立方體廣場建有六十六排巨大的同心圓看台。上頭坐著六十六排編號，每張臉龐都散發著祥和的瑩采，他們的雙眸倒映天光——或許，是聯眾國的光輝吧。那鮮紅如血的花朵，是女性編號的唇瓣；前面幾排接近儀式高台的座位區坐著孩童，他們的臉蛋串成了一

1 輕讀爲抑，重讀爲揚，一個輕音加一個重音組成的音步，稱爲抑揚格，常用於西方詩歌韻律；反之，一個重音加上一個輕音組成的音步，則稱爲揚抑格。

圈圈的嬌嫩花環。現場瀰漫著一股莊嚴、肅穆、沉鬱的哥德式氛圍。

根據流傳的文獻記載，古代的祈禱儀式同我們的祭典有某些相似之處。可古人侍奉的是虛無縹緲、荒誕無稽的神明，我們崇敬的則是眾所周知且實際存在的美好典範；古人的神明除了讓他們陷入永無止盡的痛苦追尋外，並未賜予任何恩典；他們的神明除了莫名其妙地把自己變成受難者外，想不出更有智慧的方法；而我們奉獻給神明、奉獻給聯眾國的——都是經過審慎思考、平靜祥和且具有理性的祭品。是的，這是聯眾國最盛大的祭典，以此追憶兩百年戰爭的神聖歲月，也是歡慶集體勝於個體、總數勝於個數的偉大節日。

此際，這個「個體」站在灑滿陽光的立方體高台階梯上，他臉色蒼白……不，甚至不是蒼白，而是毫無血色，他的臉龐與嘴唇如玻璃般透明，唯獨那雙黑色瞳眸，宛如吞噬一切的黑洞，連接著他即將前往的恐怖世界。他的金色名牌已經被摘除，雙手為絳紅色的帶子所綑綁（這是一種古代習俗，概要解釋如下：古時候的審判，並非以聯眾國之名義執行，這些罪犯理所當然認為自己有反抗權利，故需使用鐐銬束縛他們雙手）。

而在立方體高台之上端放著死刑機，機器旁邊坐著一個巍然不動、宛若金屬製成的身軀，正是我們的至恩主。從下方看不清他的面容，只能依稀看見他那威嚴、方正的輪廓。而他的雙掌……觀看照片時偶而會發現這樣的情況：如果手部過度貼近鏡頭，就會變得異常巨大，成為首要目光焦點，掩蓋了其餘部分。而今，這雙眾所矚目的沉重巨掌正安放在膝頭上，顯然，它們沉如磐石，連雙膝都難以負荷它們的重量……

忽然，一隻巨掌緩緩升起，緩慢且沉重地比了個手勢——隨後，看台上某位編號遵照手勢走近立方體高台。這是聯眾國的詩人之一，榮幸獲選在節日祭典上朗誦自己的詩篇，爲儀式增添光彩。

金石錚鏦、神聖絕妙的抑揚格詩句響徹全場，句句指涉那個雙眼無神的瘋子——此刻他正站在台階上，等待瘋狂犯行所導致的必然結局……

火焰熊熊燃燒。清脆抑揚的詩歌描繪了搖搖欲墜的樓宇，黃金熔燄向上噴發，樓宇轟然塌落。綠樹痛苦抽搐，樹液滴滴淌落——唯有焦黑乾枯的十字架殘存。然後普羅米修斯現身（指的當然是我們）——

用機器與鋼鐵駕馭火焰，
以律法禁錮混亂。

一個嶄新的鋼鐵世界誕生了：太陽、樹木、人民皆由鋼鐵鑄成。忽然出現一個狂徒——「自枷鎖中釋放火焰」，於是世界又陷入消亡……

可惜我向來不擅長背詩，可有一點我能記住：再也找不出比這更具啓發意義、更優美的意象了。

沉重的巨掌再次緩緩比出手勢，立方體高台的台階上出現第二位詩人。我驚訝地直起身子：不會吧？可我沒看錯，那肥厚的黑人雙唇，正是R－13……他怎麼不早點告訴我，他肩負了如此崇高的使命……但他的雙唇發灰、瑟瑟顫抖。我可以理解，畢竟他正站在至恩主與一眾保衛者跟前——但不管怎麼說，他也太過緊張了……

揚抑格詩句尖銳、急促，有如利斧砍削。詩歌描述著前所未聞的罪行：犯人以詩篇褻瀆至恩主，稱其爲……不，我不敢在這裡重複內容……

詩歌唸畢，R－13蒼白著臉，避免與任何人對視（想不到他竟如此靦腆），走下台階回到座位。有一普朗克秒[2]的時間，我彷彿看見他身邊閃過一張臉——一個尖銳的黑色三角形——旋即又消失了。我的目光——上千人的目光——齊齊投向高台之上的死刑機。在那裡，超凡的鐵掌第三度比出沉重手勢。接著，彷彿有股無形的強風推動，罪犯遲緩地邁開步伐，搖搖晃晃爬上台階，一步又一步……終於他跨出此生最後一步……罪犯面朝天空，頭部後仰，迎接自己的終點。

沉重、冷酷猶如命運主宰的至恩主，沿著機器繞行一圈，將巨掌放置於手柄上……全

2 理論上，可測量的時間微分之最小單位爲普朗克時間，約爲5.39116（13）×10^{-44}秒。

場悄然無聲，眾人屏住呼吸，所有目光皆投注於巨掌。作爲集結數十萬伏特的執行工具，這是多麼振奮人心的激情旋風！多麼偉大的使命！

這一秒鐘漫長的難以計算。巨掌終於壓下手柄，啓動電流開關。一道刺眼的鋒芒閃過，死刑機的導管好似抖了一下，發出輕微的劈啪聲。犯人仰臥的身軀瞬間籠罩在一團發亮的輕煙中——在眾人矚目下，他的身體開始融解——以駭人的速度消融殆盡，最後什麼也不剩，只餘一灘純淨液體。而在一分鐘前，這灘液體仍是殷紅血液，在心臟中急速流動。

這一切都很簡單，我們每個人都知道這個現象：沒錯，就是物質分解、人體原子分裂。儘管如此，每次目睹行刑，此現象依然如同奇蹟，是至恩主超凡力量的象徵。

高台上，至恩主面前立著十名女性編號，她們激動地臉孔泛紅、雙唇半啓，手中的鮮花隨風搖曳（這些鮮花自然都是從植物園摘來的。我個人看不出花朵有何美好，就如我看不出那些老早以前便逐出綠牆之外，屬於野蠻世界的產物有何美好。唯有理性與擁有實際效益的東西才是美好的，例如：機器、靴子、公式、食品等）。

按照傳統，十名女性會在至恩主那身沾染血水、溼漉漉的制服別上鮮花。接著，至恩主便如同古代大祭司般，邁著莊嚴的步伐緩緩拾階而下、通過看台。行經之處，女性皆高舉柔嫩枝條般的白皙雙臂歡迎他，眾人齊聲高呼。隨後，我們又向隱身於群眾當中的保衛者歡呼致敬。誰知道呢？或許，古人幻想中，自出生後便跟隨著每個人，既溫和又嚴厲的「守護天使」，正是預見了未來將有保衛者的存在。

確實，我們的慶祝儀式有部分古代宗教的痕跡，具有如暴風雨般的淨化能力。你們——正在閱讀此段的讀者啊，你們是否體會過這種榮光時刻？假如你們不曾有過這種體驗，我眞爲你們感到可憐……

筆記十

摘要：

信件·振動膜[1]·毛茸茸的我

昨日於我而言就像化學家用來過濾溶液的濾紙：所有懸浮微粒和雜質皆留附其上。於是今早下樓時，我感覺自己彷彿經過蒸餾般，變得澄澈透明、清淨不已。

樓下的管理室，一名女性管理員坐在小桌前，不時看向時鐘，登記進門的編號。她的名字是——U……不過，最好還是不要直呼她的編號，因為我恐怕會寫些她的壞話。雖然如此，她其實是位十分可敬的老婦人。唯一讓我不喜的，就是她那略略下垂，形似魚鰓的雙頰。（似乎也沒什麼大不了的？）

1 竊聽器的組件之一。

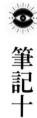

她的筆尖發出沙沙聲響，我看見紙上寫著我的編號：「D－503」，旁邊還有一點墨痕。

我正想提醒她注意，卻見她忽然抬起頭，露出一絲淺淺的微笑，如墨汁滴落在我身上。

「您有一封信。沒錯，您會收到信，親愛的——沒錯，就是如此，您會收到信。」

我曉得，她讀過的信還需送交保衛部審查（我想，應該不用多費唇舌解釋這種理所當然的程序），最遲在十二點前便會交還給我。可她的那抹微笑令我感到不安，像一滴黑墨，攪渾了我體內的清澈溶液。導致稍後我在建造「積分號」時，怎麼也無法集中精神，甚至一度算錯了數據，這種事從未發生在我身上。

到了十二點，我再次見到這張紅褐色的魚鰓臉和熟悉的微笑——終於，信交到我手中。不知爲何，我並未立刻閱讀，而是把信塞進口袋，迅速衝回自己的房間。接著拆開信，快速瀏覽一遍，然後坐下……這是一封官方的通知信，告知我：I－330已登記了我的編號，今晚二十一點我必須前往她的住處——下面列出地址……

不！在那些事發生後，我已無比清楚地表明了我的態度；而且，她甚至不知道，我是否去過保衛部——畢竟，她無從得知我生病的消息——嗯，總之我沒能……雖然如此——

我腦中彷彿有台發電機在運轉，嗡嗡直響。佛像——黃色——鈴蘭——粉紅彎月……

對了，還有──還有這件事：O今天預計來我這裡，還是直接把這封跟I－330有關的通知信拿給她看？我不曉得。她不會相信此事與我無關，我全然不知（確實，該如何相信呢？）……可我曉得，我們之間必然會有一場艱辛、荒唐並且毫無邏輯的對話……不行，不能這麼做。我決定原封不動，直接把通知信的影本寄給她。

我慌忙將通知信塞進口袋裡，卻瞥見自己有如猿猴般毛茸茸的可怕手臂。我忽然想起那天，在散步之際，I曾抓起我的手打量，莫非她眞的……

差一刻鐘便是二十一點。現在是白夜，一切宛如籠罩在翠綠的玻璃之下──並非我們廣泛使用的眞正玻璃，而是某種纖薄、脆弱的玻璃罩──底下所有事物都在旋轉、飛舞，發出嗡嗡聲響……假如此刻禮堂的穹頂化成一團團煙霧緩緩飛升，年老的月亮如同今早坐在桌前的女人那般，灑落墨滴式的微笑，所有房子都在瞬間降下窗簾，而窗簾後方是……我完全不會感到驚訝。

這是一種很奇怪的感覺，我的肋骨彷彿變成了鐵條，干擾──而且是極度干擾心臟，緊縮到幾乎沒有跳動空間。我站在玻璃門外，上頭印著金色的編號：I－330。而I，正背對著我，伏在桌前書寫。我走進去……

「這給您……」我把粉紅票遞給她。「我今天收到通知信，所以就來了。」

「您眞準時！稍等一下，好嗎？請先坐一下，我快寫完了。」

她再度垂眸寫信——在那低垂的眼簾後方究竟藏著什麼？下一秒她又會說些什麼？我該如何分辨與計算——她本人彷彿源自於一個先古野蠻的夢幻國度。

我靜靜看著她，肋骨又化成一根根鐵條，緊緊壓縮……當她開口說話時，她的臉蛋有如高速旋轉的閃亮車輪，難以看清每根輻條。而現在輪子靜止不動，我看見她臉上奇特的線條組合：兩道高聳入鬢的黑眉，形成嘲諷的倒尖三角，還有兩條深刻紋路分別從兩側鼻翼延伸到嘴角，構成尖端向上的三角形。這兩個三角形相互對峙，在臉上劃下一個如同十字架的大叉，一個使人憤懣、不悅的X。

輪子開始轉動了，輻條連成一片……

「看樣子，您沒去保衛部囉？」

「我是想……但沒去成，我生病了。」

「是嗎？嗯，我想也是，無論如何，總會發生一些事情阻撓您的。（她露出尖銳的牙齒，微微一笑）不過，現在您可落到我手中了。您還記得吧：『任何編號如未能在四十八小時內向保衛部通報，將被視爲……』」

我的心臟劇烈跳動，幾乎要把肋骨的鐵條給撞彎了。我簡直跟小孩一樣——蠢得像個小孩，落入她的圈套，愣到說不出話來。我感覺自己深陷其中，努力揮動手腳都無法掙脫……

她站起來，伸了個懶腰。然後按下按鈕，四面牆上的窗簾發出喀喀輕響，降了下來，將我與外面的世界隔開——只剩我和她共處一室。

I走到我身後，站在衣櫃旁。接著傳來制服窸窸窣窣的滑落聲響——我屏氣凝神聆聽——聆聽——我忽然想起……不，這念頭只在我腦中閃現了零點零一秒。

不久前，我曾計算過一種新型戶外監聽器的振動膜曲率（現在這些精緻的膜片已經裝設在所有大街小巷，替保衛部記錄人們的街談巷議）。我記得，那層粉紅色、向內凹陷的振動薄膜，造型奇特的如同一隻耳朵。我現在就像那層膜片。

現在，領口的鎖喀噠一聲解開了——接著是胸口——一路向下。玻璃織物窸窣作響，滑過雙肩、膝部——最後落到地上。我聽見——這比目視更加清楚——她的一隻腳先跨出灰藍色的衣堆，然後是另一隻……

緊繃的膜片不停振動，記錄無聲的——不，是記錄我那劇烈跳動的心臟，如錘子般不停撞擊鐵條發出的聲響。而我聽見——幾乎是看見：她站在我身後，思考了一秒鐘。

接著傳來櫃門開啓的聲音——盒蓋的碰撞聲響——又是絲織物的摩擦聲……

「嗯，好了。」

我轉過身。I穿著一襲布料輕盈、藏紅色的古代連身裙。她這身衣著遠比赤身裸體還要邪惡千倍。透過纖薄的布料，可看見兩個尖聳小點，像灰燼中隱藏的兩塊煤炭，泛著隱微的粉色火光。還有那對圓潤、柔滑的雙膝……
她坐在低矮的扶手椅上，面前的方桌擺著一個疑似裝有綠色毒液的小瓶子與兩隻小巧的高腳杯。她嘴角叼著一根細細的紙捲，向外噴出煙霧——古時稱之爲抽菸（現在如何稱呼，我一時想不起來）。
膜片依然不停振動。我胸腔中的錘子敲擊著燃燒得通紅的鐵條。我清楚地聽見每一記撞擊聲……她是否也同樣聽見了？
可她安然自若地坐在那裡抽菸，不時靜靜看我幾眼，漫不經心地將菸灰抖落在我的粉紅票上。
我盡量保持冷靜，開口問道：「聽著，既然如此，妳爲何要登記我？爲何把我叫來這裡？」
她置若罔聞，逕自把小瓶子的液體倒進杯裡，喝了一口。
「眞是好酒。來一點嗎？」
我這才明白，原來裡頭裝的是酒。昨日的情景在我腦中閃現：至恩主的鐵石巨掌、刺目的電光利刃，還有在立方體高台上，那個仰面朝天、雙臂大張的軀體。我不禁打了個冷顫。
「聽著，」我說：「妳也知道，凡是吸食尼古丁和飲用酒精的人，尤其是後者——聯眾國會給予嚴懲……」
她的兩道黑眉高高挑起，聳入雙鬢，形成一個尖銳嘲諷的三角形：「迅速消滅少數人，以免多數人產生自我毀滅與墮落等的可能，才是明智之舉。這是正確的——正確到不堪入目。」
「是的……正確到不堪入目。」
「要是有人把這些光禿禿、赤裸裸的眞理推上街頭……不，請您想像……嗯，譬如我那位忠實的愛慕者——您也認識的——想像他沒有衣物遮掩，以眞實樣貌出現在大眾面前……噢！」
她笑了起來。可我能清楚看見她臉部下端，由嘴角延伸到鼻翼的兩道深刻紋路構築的哀傷三角形。不知爲何，透過這兩道紋路，我清楚感受到：那個上下佝僂還有招風耳的駝子抱著她的時候——她就是這副神情……他……
不過，我現在試圖傳達的是我當時的異樣感受。而今我在書寫之際，清楚意識到：一切本該如此，他，就如同所有正當的編號一樣，有權享受歡愉，否則就不公平了……唔，這點無庸置疑。
I古怪地笑了許久，接著專注地凝視我——彷彿要看進我內心深處。
「而重要的是，我和您在一起很放心。您是多麼可愛啊——噢，我相信，您絕不會想去保衛部告發我喝酒、抽菸。您或許會生病、或許會很忙——或者有其他我不知道的原因。此外，我相信——現在您會和我一起喝下這美妙的毒藥……」

多麼無恥的譏諷語氣！此刻，我可以清楚感受到，內心再度升起對她的厭惡。不過，爲何是「此刻」呢？我明明無時無刻都在厭惡她。

I一口仰盡杯中的綠色毒藥，然後起身，粉嫩嬌軀在半透明的藏紅色布料下若隱若現——她走了幾步，停在我的椅子後面……

忽然，她摟住我的脖頸——她的嘴唇貼上我的嘴唇……不，甚至更加深入、更加恐怖……我發誓，我完全沒料到會發生這種事，或許，這就是爲什麼……要知道我不可能——現在我完全明瞭了——我自己不可能有這樣的慾望，渴求發生接下來的行爲。

她的雙唇甜得發膩（我想這就是酒精的滋味吧）——灼熱的毒藥灌進我嘴裡，一口接一口……我彷彿脫離地球，像一顆獨立的行星，瘋狂旋轉，沿著一條無法計算的軌道，急速下墜、下墜……

接下來的事，我只能或多或少藉由相近的比喻，概略記述一下。

從前我不曾有過這種念頭——可事實正是如此：地球的腹中隱藏著熊熊火焰，我們這些居住在地表的人類，其實一直行走在熾紅、沸騰的火海之上，卻從未意識到這點。假如我們腳下的地面忽然變成一層薄薄的玻璃殼，我們瞬間就會看見……

我感覺自己成了玻璃人，我可以看見自己的內在。裡面有兩個我。一個是過去的D－503，而另一個編號D－503，以往他只會稍微從軀殼中探出毛茸茸的雙掌，而現在，他整個人都爬出來了，軀殼喀喀作響，馬上就要四分五裂，碎成片片……屆時我會變成什麼樣呢？

我使盡全力想抓住一根救命稻草——那是椅子的扶手——爲了聽見自我的聲音（過去的那個我），我開口問道：「妳從哪裡……哪裡弄來這種……這種毒藥？」

「噢，這個嗎？一位醫生給的，他是我的一個……」

「『我的一個』？『我的一個』什麼？」另一個我忽然跳出來，大吼道：「我不允許！除了我以外，不能有任何人！我會殺了任何想要……因爲我對您——我對您——」

我看見，另一個我用毛茸茸的手掌粗暴地抓住她，撕裂她身上的纖薄絲綢，用牙齒啃咬她——我記得清清楚楚：就是用牙齒啃咬。

不知怎地——I掙脫了我。她的眼眸再度覆上那層討厭的神祕簾幕——她站在那裡，倚著衣櫃，聽我胡言亂語。

我記得自己跪在地上，抱住她的腿，親吻她的膝蓋，哀求道：「現在——就是現在——立刻……」

她露出銳利的牙齒——眉毛上挑，形成一個嘲諷、尖銳的三角形。她俯身，一言不發地摘下我的名牌。

「對，就是這樣，親愛的——親愛的——」我急乎乎脫起制服，可I依然保持沉默，將名牌遞到我眼前，讓我看上面的時間：差五分鐘就到二十二點三十分。

我內心頓時一涼。我知道過了二十二點三十分還在街上意味著什麼。所有狂熱瞬間消弭無蹤。我又恢復成原先的我。可我清楚知道一件事：我恨她！我恨、恨極了！

我沒有跟她道別，甚至沒有回頭看一眼，便衝出房間。我一邊跑，一邊胡亂別上名牌，快步跨越安全樓梯（我擔心坐電梯會遇到人），衝上空蕩蕩的大街。

四周環境一如往常——簡單、平常而規律。燈火通明的玻璃屋、淺白的玻璃天空、泛著綠光的凝滯夜晚。而在這片沉靜、冰涼的玻璃之下，有個熾紅、狂暴、毛茸茸的東西在無聲疾馳。我氣喘吁吁，快步奔跑，以免超時。

忽然，我發覺剛才匆匆別上的名牌鬆脫了，落在人行道的玻璃地磚上，發出清脆聲響。我俯身撿拾——卻在這寂靜的一瞬間，聽見後方傳來腳步聲。我轉過身，看見一個瘦小、駝背的身影從街角拐了進去。至少，當時我是這麼認為。

我使盡全力拔腿狂奔，風聲在耳邊呼嘯。跑到大門口，我停了下來，看看時間——只差一分鐘就是二十二點三十分。我側耳傾聽，身後無人。顯然，一切都是可笑的幻想，毒酒的作用而已。

夜裡我痛苦難眠。身下的床鋪不停升起、落下又升起——彷彿沿著正弦曲線[2]上下浮動。我不斷告誡自己：「夜晚，所有編號必須入眠；正如白日必須工作，皆屬我們的義務。爲了白日的工作，必須入眠。熬夜不睡乃犯罪行爲……」可我依然睡不著，無法入眠。

我毀了。我無法履行對聯眾國的義務了……我……

2 三角函數中的正弦比例的曲線，形似波浪。

筆記十一

摘要：

不，我無法，就這樣吧，不寫摘要

黃昏時分，薄霧繚繞。天空蒙上一層金亮的乳白帷幕，無從得見更高、更遠的彼端。古人認爲，他們偉大至極的上帝——一個百無聊賴的懷疑論者——就住在天空彼端。可我們知曉，那裡僅是一片晶藍、寒磣的虛空。而今，我再也不曉得天空彼端到底有什麼：我知道了太多訊息。我堅信所學的知識是正確的——這是我的信仰。我也曾對自己懷抱堅定信念，我深信，我對自己的一切瞭如指掌。可如今——

我站在鏡子前面，生平第一次——是的，有生以來第一次——如此清楚、明白且有意識地觀看自己——並且驚訝地發現，自己就像另一個「他」。這個我就是他：兩道筆直的黑眉，中間夾著一道如同刀疤的垂直皺褶（不知是否以前就有）；鐵灰色的雙眸四周泛著一圈因失眠產生的黑影；而在這雙灰眸之後……原來過去我從未知曉裡面藏有什麼。而從那裡面（這邊所述的「裡面」同時並存於此和無比遙遠的他方）——我從那裡面望著自己，也望著他，並清楚知道：那個同樣擁有兩道筆直黑眉的他，與我完全迥異、毫不相干，我生平第一次發現他的存在。而我才是眞實的——我不是他……

夠了，不寫了。這一切都是胡言亂語，所有荒誕無稽的感受——全屬囈語，是昨夜中毒的結果……我究竟是中了綠色毒酒的毒——還是她的毒？無所謂。我寫下這些，只是爲了說明，像我這般縝密、聰敏的理性人物，是如何莫名變得混亂糾結、迷茫無措。而這顆理智的頭腦，原先甚至可以輕易理解古人聞之色變的「無窮」概念——經由……

通訊機發出答答聲響——上頭顯示編號：R—13。讓他來吧，我甚至爲此感到高興：現在若是讓我一個人獨處……

二十分鐘後……

這些文字整齊並列於平面紙張的二度空間中，可在另一個世界……我逐漸喪失對數字的感知：二十分鐘——可能是兩百分鐘或二十萬分鐘。我反覆琢磨每個字句，平靜且有條不紊地並寫下我與R在房中談論的種種，這一切顯得如此詭異，彷彿你們正坐在自個床邊的扶手椅，翹著腿，好奇觀察自己——如何躺在床上抽搐。

當R—13進門時，我已完全平靜下來，並恢復正常了。我談起他的詩體判決書，誠摯地讚美他完成了出色的作品，正是這揚抑頓挫的詩句將那瘋子千刀萬剮、骨化形銷。

「……甚至，假如我接到命令，爲至恩主的死刑機描繪一張示意圖，我必定——鐵定會用各種方式將您的揚抑格詩句標註在圖上。」我說。

驀地，我發現R的雙眼失去光采，嘴唇也變得灰白。

「您怎麼了？」

「什麼？嗯……純粹感到厭煩而已——周遭的人不停談論判決書、判決書，我不想再談它了——就到此爲止吧！我不想再說了！」

他沉著臉，摩娑後腦勺——這個如箱子的腦袋裡裝著某種我無法理解的陌生思想。我們停頓了好一會。接著，他彷彿從箱子中找到了某樣東西，將其抽出、展開——他的雙眸再度盈滿笑意、散發光彩。

他猛地站起來，開口道：「我要爲您的『積分號』作一首詩……眞的！這是了不起的大事！」

他又恢復成老樣子：兩片嘴唇翻飛，口沫四濺，話語如噴泉般連連湧出。

「您知道嗎？（他發P音時，口水如噴泉飛濺）古代有個關於樂園的傳說……其實指的就是我們與現今這個時代。是的！您仔細想想，住在樂園的兩人曾經擁有選擇：他們可以選擇沒有自由的幸福，抑或沒有幸福的自由。除此之外，沒有其他選擇。而他們，那兩個傻瓜選擇了自由——於是，想當然了，接下來無數世紀，人類都在渴求回歸原初桎梏。對桎梏的渴求——您懂嗎？這就是『世界之痛』[1]的由來，並且延續了無數世紀！唯有我們重新領悟到，如何使幸福回歸……不，您繼續——繼續聽我說，古人的上帝與我們並肩坐在同一張桌前，是的，是我們幫助上帝，徹底戰勝了魔鬼——要知道正是魔鬼慫恿人類違反禁令，偷吃有害的自由禁果，魔鬼就是那條陰險狡詐的毒蛇，而我們啪的一聲——用靴子踩爛了牠的頭！好了，樂園重新出現，我們再次變得純眞無邪，宛如亞當與夏娃。從此不再糾結於是非善惡，一切變得極其簡單，如樂園般美好、如孩童般單純。至恩主、死刑機、立方體高台、氣鐘罩、保衛者——一切皆良善美好，都是宏偉精妙、崇高卓絕與純潔無瑕的象徵。因爲這些事物捍衛著我們的非自由——也就是我們的幸福。古人爲此苦思冥想、爭論不休——何謂道德與不道德……嗯，好啦！就是這樣。總之，這首樂園史詩不錯吧？是吧？而且整體敘事風格極其莊嚴……您懂吧？這是詩歌其中一段，啊！」

嗯，怎麼會不懂呢？記得我曾暗忖：「R的相貌雖然如此醜陋，卻有一顆富含深刻思想的頭腦。」正因如此，我與他特別親近——我是指眞實的我（我依舊認爲，過去的我才

1 原文爲德文Weltschmerz，有悲觀、厭世之意，用以形容對世界感到悲傷，認爲現世永遠無法滿足心靈需求。該詞由德國浪漫主義文學先驅讓・保羅（Jean Paul，1763 -1825）所創造，並載於其死後出版的小說《瑟琳娜》（*Selina*, 1827）。

是眞實的我，而現下的狀態——當然只是出於疾病的影響）。

R顯然讀出我的想法，搭著我的肩膀，哈哈大笑。

「哎呀，您呀……對了，亞當，正好聊聊夏娃的事……」

他摸索口袋，掏出一個小筆記本，翻閱了一會，說：「後天……不，是兩天後，O有一張粉紅票，她會來您這裡。您怎麼想？還是和以前一樣嗎？您還想跟她……」

「嗯，是啊，當然。」

「那我就這麼跟她說。她自己呀，您知道的，不好意思開口……我跟您說實話吧！她對我，不過是盡粉紅票義務，可對您呀……卻不肯講是哪位第四者鑽入了我們的三角形。那人到底是誰呀？您這風流傢伙，還不從實招來？」

我內心的簾幕陡然升起——想起絲綢的窸窣聲響、綠色酒瓶與她的雙唇……不知爲何，一個冒失的問題脫口而出（我若是忍住不說就好了）：「告訴我，您有沒有試過尼古丁或酒精？」

R抿起雙唇，皺眉看了我一眼。他的內在想法我聽得清清楚楚：「您雖然是朋友……可畢竟……」於是他回答：「該怎麼說呢？我自己沒試過。但是我知道有個女人……」

「——I！」我叫道。

「怎麼……您、您也認識她？」他哈哈大笑，嗆得上氣不接下氣，還噴出口水。

我家的鏡子掛在桌子的另一側，我坐在椅子裡，從這個角度只能照見自己的額頭與眉毛。

此時，我——眞實的我——看見鏡中兩道筆直黑眉變得歪斜扭曲、頻頻跳動，耳畔響起一陣野蠻、猙獰的呼嚎：「什麼『也』？不，您說『也』是什麼意思？不行——我要您說清楚！」

R的厚唇大張，雙眼圓睜……我——眞正的我，緊緊揪住另一個我的衣領——那個原始野蠻、毛髮濃密且喘著粗氣的自己。眞正的我對R說：「請原諒我，看在至恩主的份上。我失眠了，病得很嚴重。我不知道自己到底出了什麼問題……」

R的厚唇掠過一絲笑意：「是呀、是呀，我懂——我明白！這些狀況我都了解……當然囉，是理論上的。告辭了！」

到了門口，R像顆小黑球一樣滾了回來，他走到桌前，將一本書丟在桌面上，說：「這是我最近寫的東西……特地拿給您的——差點忘了。告辭……」他噴了我一臉口水，迅速離開。

我又是一個人。或者更準確的說：和另一個我單獨在一起。我——此刻正坐在椅子裡，翹著腳，從內在某處好奇觀看自己——我自己——躺在床上抽搐。

爲什麼——爲什麼三年來我與O可以如此和睦共處——而現在只要冒出一個字與I有

關，我就……莫非愛情、嫉妒這些瘋狂的東西不只存在於愚蠢的古代書籍？主要是我出了問題！方程式、公式、數字我都明白，可對這些東西……我一無所知！什麼都不懂……明天我就去找R，告訴他——

這是謊言，我不會去。無論明天、後天——我永遠不會再去找他。我不能，也不想再見到他。結束了！我們的三角形——瓦解了！

我孤獨一個人。黃昏時分，薄霧繚繞，金亮的乳白帷幕籠罩天空。假若能夠知道更高的彼端是什麼該有多好？假若能夠知道我是誰？又是哪一個我？該有多好。

筆記十二

摘要：無窮的界線．天使．思索詩歌

我依然認爲——自己會康復，能夠完全復原。昨晚我睡得很好，不再做那些怪夢，也沒有發病跡象。明天親愛的O會來找我，一切都會變得如同圓形般簡單、確實、有所限制。我不怕「有限」這個字眼，人類理性的最高目的正是對無窮的持續限制，將無窮化爲便捷且簡單易解的微分，其中便蘊含著我所熱愛的神聖數學之美。而她恰好無法領會這種美。不過，這只是偶然的聯想而已。

這些思緒隨著地鐵車輪規律的隆隆聲浮現。伴著車輪聲響，我低聲吟誦R的詩作（他昨日送來的詩集），忽然我感覺到，背後有人小心翼翼地側身，越過我的肩膀偷覷攤開的書頁。我沒有轉頭，僅透過眼角餘光掃到一對粉紅色的招風耳與上下佝僂的身形……是他！我不想打擾他，遂裝作毫無所覺的模樣。我不知道他是如何出現在這裡，當我走進車廂時，似乎並未看見他的身影。

這其實是件微不足道的小事，卻在我身上產生了正面影響，可說是堅定了我的信念。當你感受到有一雙銳利的眼睛，時時關切地守護著你，避免你有絲毫行差踏錯，這是多麼愉悅的事。雖然這麼說有點煽情，可我腦中再度浮現相同的比喻：保衛者便是古人幻想中的守護天使。古人許多美好的憧憬，在我們的生活中已成爲現實。

此際，當我意識到自己背後站著一個保衛天使，我從名爲〈幸福〉的十四行詩中體會到相同感受。我想，即便我說，這是一部兼具美學與深度思想的罕見作品，也不算謬誤。以下便是開頭四行：

兩兩相乘恆相戀；
熾情不渝得歸四。
世間最甚癡男女；
兩兩相乘永不分。

下面的詩句也都在歌頌象徵智慧與永恆幸福的乘法表。

每個眞正的詩人都是一個哥倫布。在哥倫布發現美洲之前，這片大陸已經存在無數世紀，可只有哥倫布發現了它；在R－13出生前，乘法表早就流傳於世，可唯有R－13能從原始的數字叢林中，發掘前所未見的黃金國[1]。確實，沒有比徜徉於美好的數字世界更加智慧、無憂的幸福了。鋼鐵會生鏽，古代的上帝也創造了古人——意即，創造了會犯錯的人類——由此可知，上帝自己也會犯錯。相較於古代上帝，乘法表更加睿智與絕對，它從不——你們懂的——它從不出錯。活在乘法表永恆而嚴整的規律之下的數字無比幸福，毫無躊躇與迷惘。眞理只有一個，正確的道路也僅有一條；而這項眞理就是二乘以二，通往唯一的正確道路——四。假若這般幸福、完美的兩個相乘數字，也開始幻想所謂的自由——也就是說，明顯犯了錯——這不是太荒謬了嗎？對我來說，這就是定理，R－13抓住了最重要的、最……

這時，我再度感受到保衛天使那溫暖、柔和的呼吸，先是吹拂在我腦袋右後方，接著又來到我的左耳處。他顯然發現，我已經闔起書本放在膝上，而我的思緒也飄到遠方。好吧，至少此刻我已經準備好在他面前敞開我腦中的書頁，這是一種如此寧靜、喜樂的情

1 原文爲西班牙文El Dorado，又稱黃金城、黃金鄉，爲西班牙殖民時期訛傳的國度，傳說中充滿黃金與寶石之地，有一說認爲黃金國即爲古印加帝國首都庫斯科，另有一說稱其位於今日哥倫比亞首都波哥大北方瓜塔維塔湖畔。

感。我記得，我甚至轉過頭，帶著堅定的懇求目光直視他的雙眼，可他未能了解——或者說無意了解——他沒有開口問我任何問題……我又是一個人：只能對你們全盤傾訴，我不知名的讀者呀（現在你們對我而言是如此珍貴，近在咫尺卻又遙不可及，就如當時的他一般）。

我的思路是這樣的：由個體延伸到整體——R－13爲個體，我們的「國立詩人暨作家學院」則是宏偉的整體。我心忖：何以古人沒有注意到他們的文學與詩歌充滿謬誤呢？這些藝術詞彙擁有無與倫比的顯赫力量——全讓他們白白浪費掉了。每個人都能隨意書寫自己的想法——這簡直太可笑了。同樣荒謬可笑的還包括古時的海洋，綿延數百萬公里的浪潮晝夜不息、死板單調地拍打海岸——廣袤資源的用途僅限於升溫戀人的情感；我們卻能從海浪的綿綿絮語之中提取電力，將洶湧狂暴的野獸化爲溫馴家畜。面對詩歌狂野的原始力量，我們也以同樣的方式將其制服、馴化。如今的詩歌已非肆無忌憚的夜鶯啾啼，而是服膺於國家的工具——充滿效益。

我們有幾部著名的《數學詩歌》，若是沒有它們，我們在學校裡焉能如此眞摯而柔情地愛上四則運算？例如《薔薇花刺》，這是一部經典之作，保衛者如同薔薇花刺般守護著嬌嫩的國花，防止暴徒粗橫對待……縱使鐵石心腸之人，面對天眞孩童祝禱般咿咿呀呀誦念：「頑童採薔薇，花刺如針尖，頑童哇哇叫，拔腿奔回家。」等詩句，也做不到無動於衷。而《至恩主每日頌歌》呢？誰讀完這部詩集，不會敬仰地折服於這位超越眾生的偉大編號所做出的犧牲奉獻？還有血腥恐怖的《法庭審判薈萃》、不朽悲劇《上班遲到者》以及人人必備的《性事衛生詩抄》。

我們生命中所有的美好與複雜——皆永遠銘刻在詩歌的黃金語言中。

我們的詩人不再耽溺於幻想，他們落到地面，伴隨音樂鐘塔精確且機械化的進行曲節奏，與我們邁步同行。他們的里拉琴聲[2]——是清晨電動牙刷的沙沙聲、是至恩主掌下的死刑機冒出火花的恐怖劈啪聲、是聯眾國國歌的磅礡迴響、是晶亮夜壺的私密聲響、是窗簾沙沙降下的撩人聲響、最新食譜掀起的歡呼與裝設於大街小巷的振動膜片發出的幽微鳴聲。

我們的神明就在這裡，在人間，與我們同在，置身於保衛部、廚房、工廠、廁所等處。神明變得和我們一樣，是以[3]我們也變得如同神明。而你們，我不知名的異星讀者啊，我們會到達你們的所在，將你們的生活變得如同我們一樣，充滿神聖的理性與精確……

2 古希臘民間樂器，又稱七弦琴或詩琴，古希臘吟遊詩人經常藉由里拉琴烘托吟詩氣氛。在此比喻詩歌才能或靈感。

3 原文爲拉丁語ergo，意爲因此、所以。

筆記十三

摘要：霧．你．荒唐至極之事

我在黎明時分醒來，映入眼簾的是泛著粉霞的濃厚天空。一切無比美好、圓滿。今晚O會過來，當然，我已經完全康復了。我微微一笑，又睡著了。

早晨鬧鐘響起——我起身——發現天色完全變了：從天花板和牆面的玻璃望出去，四面八方皆籠罩著雲霧。瘋狂的雲層越積越厚——隨之又變淡，越貼越近，天地間已渺無界限，一切都在漂浮、消解、墜落，什麼也抓不住。所有房屋彷彿都不存在了，玻璃牆消失於茫茫雲霧中，好似晶鹽溶解於水。如果從街邊望出去——可以看見屋內的黑色人影，彷彿浸泡在虛幻的乳白液體的懸浮微粒——有些沉在底部，有些懸在高處，還有更高的——位在十樓。騰騰煙霧籠罩一切——或許，在某處忽然迸發出熊熊烈火也說不定。

十一點四十五分整，我特意看了下手錶——希望抓住幾個數字，讓它們救我一把。

按時間表制定的慣例，十一點四十五分爲勞務時間，我匆匆跑回自己的房間。忽然，電話響起，那端傳來的聲音如同一根長針緩緩扎進我心裡：「啊，您在家呀？太好了。請在街角等我。我們一起去個地方……嗯，到了那裡您就知道了。」

「您明明曉得，我現在要去執行勞務。」

「您明明曉得，您會遵從我的吩咐。再見了，兩分鐘後見……」

兩分鐘後，我站在街角。必須跟她表明，我只聽命於聯眾國，不是她。說什麼「您會遵從我的吩咐」……聽她聲音還眞有自信。唔，現在我要認眞跟她談談。

一件件彷彿由潮濕霧氣編織而成的灰色制服，匆匆擦過我身邊，轉瞬又消融於霧中。我不停看錶，感覺自己變成錶面那根尖銳、顫動的秒針。八分鐘、十分鐘過去了……再過三分鐘……再兩分鐘就要十二點了……

關於勞務工作——不用說，我已經遲到了。我眞恨她，可我應該讓她知道……

街角的茫茫白霧中，現出一抹血紅，彷彿利刃劃開的傷口——是她的雙唇。

「我好像耽擱到您的時間了。不過，無所謂，您就是現在過去也已經晚了。」

我該拿她怎麼辦——不過，她說的對：現在過去爲時已晚。

我默不作聲盯著她的嘴唇。所有女人都是嘴唇，一張嘴唇。有的女人擁有彈潤渾圓的粉嫩雙唇，好似一個圓圈，一道可以隔絕全世界的柔軟圍籬；而這個女人的嘴唇，上一秒鐘還不存在，忽然刀光一閃——嘴唇當即浮現，還滴落著甜美的鮮血。

她逐漸貼近——依偎在我肩上——彷彿有什麼東西自她體內流入我的身軀，使我們融爲一體——而我知道，這正是我所需要的。我的每一條神經、每一根毛髮與每一記甜蜜到發疼的劇烈心跳，皆滿懷喜悅地臣服於這個需要。或許，鐵片也同樣歡喜地臣服於必然的精準定律——吸附於磁鐵之上；同理，一塊向上拋擲的石頭，在空中停頓片刻後，必然也懷著喜悅，急速落向地面；還有，人陷入彌留狀態，終於吐出最後一口氣——然後死去的那一瞬，想必也能體會到這種喜悅。

我記得，當時我帶著窘迫的微笑，隨意找了個話題：「霧……很大。」

「你喜歡霧嗎？」

「你」這個詞是古代用語，早已被人遺忘，是統治者對奴隸的稱呼方式——這聲「你」緩慢而尖銳地刺進我心頭：是的，我是奴隸——這也是必要的，這樣稱呼也好。

「是啊，很好……」我自言自語道。接著又對她說：「我討厭霧，我害怕霧。」

「也就是說——你喜歡。你之所以害怕，是因爲它比你強大；之所以憎惡，也是因爲恐懼；是以你喜歡它，因爲你無法征服它。你只愛具有挑戰性的東西。」

是的，確實如此。正因如此——正因如此，我……

我們並肩同行，宛若連為一體。雲霧深處隱約可聞太陽歌唱，處處活力洋溢、金黃、玫粉與殷紅的光線流轉，閃爍著珍珠光輝。整個世界——如同一個遼闊無邊的女性，而我們正孕育於她的腹中。我們尚未出生，正喜悅地茁壯發育。我很清楚、無比清楚知道，這一切都是為我而存在：陽光、雲霧、玫粉與金黃色的光芒——都是為我而存在……

我沒有詢問，我們要去哪裡。無所謂，我只想一直走下去、走下去，讓我們持續發育，逐漸茁壯豐盈……

「就是這裡……」I停在一扇門前。「今天在裡面值班的人，恰好是我的一個……先前在古屋時，我曾提過他。」

我小心翼翼地守護我們即將成熟的戀情，從遠處掃了一眼招牌，只見上頭寫著：「衛生部」。我全明白了。

這是一間盈滿金色雲霧的玻璃房間。玻璃天花板上懸掛著各色瓶罐，還有許多管線，管中冒出藍色火花。

屋中之人身形極其單薄，彷若紙片剪裁而成，無論他轉向什麼角度，都只能看見他尖銳的側面：鼻子有如閃亮利刃，嘴唇好似一把剪刀。

我聽不清I跟他說了什麼。我看著她說話，感覺自己不由自主露出傻氣的微笑。醫生開口，剪刀嘴鋒芒一閃：「是的、是的。我明白。這種疾病最危險——我想不出比它更危險的病了……」他笑了起來，薄紙般的手握筆迅速寫下幾行字，將單子遞給I，然後又寫了一張，遞給我。

這是兩張診斷書，上頭寫著我們生病了，無法參與工作。我從聯眾國竊取了工作時間——我是個小偷，我應該接受至恩主的死刑懲罰。可這些念頭對我而言——變得遙遠、平淡，彷彿書中的情節……我毫不猶豫地接過單子，我——我的雙眼、雙唇與雙手都知道：這正是我所需要的。

我們走到街角一座半空的車庫，取出飛行器。I如同先前那般，坐在駕駛座，將啓動裝置推向「前進」，我們升空，開始飛行，將紅金色的霧與太陽拋在身後。我霎時覺得醫生那薄刃般的側影變得無比親切、可愛。從前，萬物圍繞著太陽運行，現在我明白，萬物其實是圍繞著我運轉，緩慢、幸福、閉著雙眼旋轉……

老太太依然守在古屋大門口。她那滿是皺紋的可愛嘴唇縮攏成一團。大約是這段期間一直沒機會開口，直到現在才張嘴微笑。

「啊，妳這個調皮鬼！大家都在工作，妳竟然沒去……唔，既然來了，那就算了，假如有什麼狀況——我會趕緊通知你們……」

那扇沉重且不透明的大門吱呀一聲闔上了，與此同時，我也懷著痛楚打開心房——越開越大，直到完全敞開。她的雙唇貼在我的唇上，我不停吮吸、吮吸，接著鬆開她，我默默盯著她睜大的雙眼——再度吻上她。

昏暗的房間、藍色、藏紅色與暗綠色的皮革、面帶微笑的黃銅佛像、閃閃發亮的鏡子。我彷彿重溫舊夢。如今我明白了，這裡的一切全浸潤於金光燦爛的玫粉津液之中，正漫溢、噴濺而出——

時機成熟了。如同磁鐵相吸般，我甜蜜地臣服於精準定律——與她水乳交融。沒有粉紅票、不需計算時間、不存在聯眾國，就連我也消失無蹤。只有她緊咬的牙齒，既溫柔又尖銳，還有那雙睜得大大的金色瞳眸——我緩緩陷入其中，越陷越深。四周一片寂靜——只有角落的洗手台傳來水滴聲響——遙遠得彷彿來自幾千哩外，而我就是整個宇宙，在滴水間隙中，流逝無數時代、紀元……

我披上制服，俯身貼近I——彷彿是最後一次，貪婪地想將她收進眼裡。

「我早就知道會這樣……我了解你……」I用極輕的聲音說。她迅速起身，穿上制服，臉上又浮現她慣有的尖銳帶刺的微笑。

「好了，我的墮落天使。現在您毀了。您不怕嗎？好吧，再見！您自己回去吧。可以嗎？」

她打開壁櫥鑲著鏡子的門，轉頭看著我，等我出去。我乖乖離開房間。可剛跨過門檻，我忽然感覺，我需要她再貼緊我的肩膀，只要一秒鐘就好，我別無他求。

我急忙回頭——我想她可能還站在鏡子前，扣制服鈕扣；我跑進房間，卻頓住了。我清楚看見，鑰匙插在壁櫥門上，古老的鑰匙圈仍微微晃動，可I已經不在了。她不可能離開——這房間只有一個出口——可她確實不在裡面。我搜遍房間每個角落，甚至打開壁櫥，把五顏六色的古代服裝都摸了一遍，卻沒看見任何人影……

我的異星讀者們，跟你們講述這起詭異事件，我多少有點難爲情。可事實就是如此，我也別無他法。不過，從一早開始，這一整天的經歷難道不是充滿種種怪異嗎？豈不是跟古代疾病「幻夢」有點類似？既然如此，這些荒唐事多一件或少一件又有什麼差別呢？此外，我相信，遲早有一天，我會成功找出某種邏輯演繹法，將所有荒誕事件收歸其中。這個想法使我感到安慰，希望也能消除你們的疑慮……

我感到無比充實！但願你們能明白我的感覺！

筆記十四

摘要：「我的」．我不能．冰冷的地板

這篇還是在記錄昨天發生的事。昨晚睡前的個人時間，我忙於其他事務，沒能寫筆記。可所有經過宛如刻印在我腦海中，特別是——我大概永遠都忘不了，那片冰冷刺骨的地板……

晚上O要來我這裡——今天是她的時間。我下樓找值班人員領取拉下窗簾的許可證。

「怎麼啦？」值班人員問：「您今天似乎有點奇怪……」

「我……我生病了。」

事實上，這的確是眞話，我的確是病了。我所做的一切都是病態行爲。這時我忽然想起，是啊，我還有診斷書呢……我摸摸口袋，那紙證明沙沙作響。也就是說，那些都是

——都是眞實發生過的事情。

我把粉紅票遞給值班人員。我感到雙頰發燙，不敢直視值班人員，卻能感覺到對方正一臉驚訝地看著我……

到了二十一點三十分。我左側的房間——已經降下窗簾；而右側房間——我看見鄰居正俯首閱讀，光禿禿的腦袋與前額滿是疙瘩——形成一條巨大的蠟黃色拋物線……我苦惱地在房中來回踱步：在這些事情發生後——我和O該如何相處？我明顯感受到右邊鄰居投來的目光，並且清楚看見他的額頭皺紋——好似一行行潦草的蠟黃字跡。不知爲何，我感覺這些字跡都與我有關。

二十一點四十五分，一陣歡欣的粉紅旋風颩進我的房間，兩條粉嫩藕臂緊緊環住我的脖頸。接著我感覺到，那緊緊纏繞的環越來越鬆、越來越鬆——終於斷裂開來——她的雙臂垂落下來……

「您變了，您不是先前的那個人，您不再是我的了！」

「『我的』——多麼野蠻的詞彙。我從來不是……」我頓時語塞，忽然想到——以前我確實不屬於任何人，可現在……要知道，如今的我並非生活在我們理性的世界中，而是古老、荒謬的負1平方根世界。

窗簾緩緩落下。隔著右牆，我看見鄰居有本書從桌上掉下來，在窗簾即將觸地的那一瞬間，透過狹窄的縫隙，我看見一隻蠟黃的手抓住那本書，而我多想用盡全力抓住那隻手……

「我以爲——我原本希望今天散步時能夠遇見您。我有很多話——好多好多話想對您說……」

可憐又可愛的O！她的粉色雙唇變成一輪下彎的月亮。可我無法將一切告訴她，因爲我不想讓她成爲共犯。我知道，她沒有勇氣前往保衛部，因此……

O躺下來，我徐徐親吻她。我親吻她手腕上那道幼童般肥軟、細小的褶痕，她的藍眸緊閉，彎月形的粉紅雙唇緩緩綻開，露出笑意——我吻遍她全身。

驀然間，我清楚意識到自己有多麼空虛，我已將所有奉獻給另一人。我不能這麼做，不可以！我應該要——可我不能。我的雙唇隨即冷卻下來……

粉色彎月開始顫抖，失去光澤，痛苦抽搐。O用床單遮住身體，把臉埋進枕頭……

我坐在床邊的地板上——地板寒冷徹骨——我一語不發坐著，刺骨寒意由下往上逐漸攀升。或許，深藍色的寂靜太空也是這般無聲、冰冷。

「希望您能明白，我並不想……」我結結巴巴說：「我盡力……」

這是眞話，我——眞正的我——並不願意如此！可我能對她說什麼呢？我該如何向她解釋，鐵塊並不願意，可無法違背精準定律……

O從枕頭上抬起臉，閉著眼睛說：「滾！」可由於她在哭，口裡的「滾」字聽起來像「穩」。不知爲何，這個滑稽的小細節，深深刻印在我腦中。

我四肢麻木、渾身冰涼地離開房間躲進走廊。玻璃外緣飄著一層似有若無的淡淡薄霧，可到了深夜，大概又會降下遮天蔽地的大霧。這個夜晚會發生什麼事呢？

O悄無聲息地擦過我身旁，朝電梯奔去——門砰的一聲關上。

「等一下！」我大喊，開始感到害怕。

可電梯已經軋軋下降、下降、下降……

她從我這裡奪走了R。

她又趕走了O。

可我依然、依然……

筆記十五

摘要：

氣鐘罩．鏡海．我將永受灼燒

我剛踏進「積分號」裝配廠，副工程師便迎面朝我走來。他的臉龐一如往常，又圓又白，好似瓷盤；開口說話時，就像端上一盤誘人的美味食物。

「您怎麼生病了？這裡少了您，就沒人指揮。昨天差點出事了。」

「出事？」

「是啊！工作結束的鐘響後，大家紛紛離開裝配廠——沒想到這時，監督員居然抓到了一個無編號者。我想不出他是怎麼混進來的。他們已經把人送去審訊部了。他們肯定有辦法讓那傢伙開口，說出混進來的原因和怎麼做到的……」（他露出甜美的微笑……）

我們最爲頂尖與經驗老道的醫師都在審訊部任職，直屬於至恩主管轄。那裡有各種儀器設備，其中最重要的，就是那台赫赫有名的氣鐘罩。這項設備實際上源於古代學校的實驗儀器：將老鼠放進玻璃罩內，用抽氣機把裡面的空氣慢慢抽出……唔，總之就是這類用途。不過，我們的氣鐘罩自然是一套更加完美的設備——可以使用各種不同的氣體，此外，我們也不會用它來折磨無法反抗的小動物，它具有崇高使命——保衛聯眾國的安全，換言之，保衛數百萬人的幸福。

約莫五百年前，審訊部剛成立的時候，有一群蠢蛋將其與古代的宗教裁判所相提並論，這種比較方式實在太過荒唐，就如同將施行氣管切開術的外科醫師與攔路搶劫的盜匪混爲一談：這兩者手中可能都握著刀，做的也是同樣的事情——切開活人的喉嚨。然而，一個是爲了救人，一個是爲了犯罪；前者應該被標上正號，後者則應標上負號……

一切相當清楚明瞭，只消一秒鐘，我腦中的邏輯之輪運轉一圈即可完成，可齒輪隨即卡在負號上——化成另一幕場景：衣櫃上微微晃動的鑰匙圈。顯然，門才剛剛關上——可她，I，已經不見了，消失得無影無蹤。邏輯之輪無論如何都無法參透這項難題。是一場夢嗎？可我至今依然能感受到右肩傳來的莫名、甜蜜痛楚——I曾緊緊依偎在我右肩——我們一起在霧中並行。「你喜歡霧嗎？」是的，我喜歡霧……我愛所有的一切，一切都是如此新鮮、奇妙、充滿活力，一切都很美好……

「一切都很美好。」我大聲說了出來。

「美好？」副工程師瞪圓了瓷眼。「這算什麼好事？假如這個無編號者得逞……那就表示，他們無所不在，他們可能隨時出現在這裡，在『積分號』附近，他們……」

「『他們』到底是誰？」

「我怎麼會知道是誰？可我能感覺到他們的存在，您明白嗎？我總是有這種感覺。」

「您聽說了嗎？最近好像發明了一種切除幻想的手術？」（前幾天，我確實聽到了類似的消息。）

「嗯，我知道。和這有什麼關係？」

「因爲，假如我是您，我會去請求接受這種手術治療。」

他那張瓷盤臉明顯露出一副酸溜溜的神情。可憐的傢伙，哪怕只是間接暗示他可能患有幻想症，他都會感到屈辱。不過，話又說回來，一個星期以前，我聽了這句話也會憤慨不已。可如今——如今則不然，因爲我知道，我確實有幻想症——我病了。我還知道，我並不想治癒它，我就是不願意，如此而已。我們沿著玻璃階梯向上爬升，下方的一切清晰可見。

你們，這份筆記的讀者——不論你們是誰，肯定都生活在太陽之下。假如你們也曾和現在的我一樣生過病——你們就會知道，朝陽是什麼面貌，或可能是什麼面貌——它是澄澈、溫暖、粉紅色的金陽。就連空氣本身都帶著些微粉色，一切都被太陽溫柔的血液浸透，世間萬物充滿生命力：石頭柔軟且富有生機，鋼鐵溫暖且蘊含生氣，人人面露笑意且生氣勃勃。或許一個小時之後，一切會全部消失，再過一個小時，粉紅血液便流淌殆盡，可現在萬物皆獲得了生命。我看見：「積分號」的透明血液在勃勃鼓動、閃閃發光，它彷彿在思索自己偉大而驚人的將來，思索它乘載的重荷——即將到來的幸福。它將爲你們這些不知名的讀者帶來幸福——你們始終追尋，卻毫無所得的幸福。你們會找到的，你們將成爲幸福的人——你們必然成爲幸福的人，這點指日可待。

「積分號」的艦身幾近完工：修長而優雅的橢圓艦體以我們常用的玻璃材料製成——如黃金般永恆不朽、如鋼鐵般富有韌性。我看見玻璃船艙內部一條條用以加固的橫向肋材——那是船艦的肋骨；縱向肋材——則是縱樑結構。尾部是巨大的火箭引擎的基座，每隔三秒進行一次噴發；每隔三秒，「積分號」的巨大尾部便將火焰與氣體噴向宇宙——這艘乘載幸福、噴吐火焰的帖木兒星艦——即將高速飛馳、飛馳……

我看見下方遵循泰勒制的工人們，規律、迅速且充滿節奏感地彎腰、起身、轉身，宛如一座大型機器的操縱桿。他們手持閃亮焊槍：用火焰切割、焊接玻璃板、彎管、肋材與肘板；巨大、透明的玻璃起重機沿著玻璃軌道慢慢行駛，如同工人般順從地轉身、彎腰，將負載物送進「積分號」艦體內部。它們同樣屬於人類，擬人化的完美人類。這是至高無上、扣人心弦的美好、和諧與樂章……快——我要下去，奔向他們，加入他們！

於是，我和他們肩並肩，融合爲一體，受鋼鐵般的節奏牽引……眾人整齊劃一的動作、圓潤泛紅的雙頰和不含絲毫陰鬱狂念，光潔如鏡的額頭。我徜徉於明鏡般的海洋之中，休息放鬆。

忽然，其中一人轉過頭來，和氣地問我：「如何，沒事吧，今天好點了嗎？」

「什麼好點了？」

「就是——您昨天沒出現。我們還以爲您出了什麼危險……」他的額頭明亮，臉上的微笑如同孩童般純眞。

血液霎時衝向我的臉孔。我無法——我無法對著這雙眼睛撒謊。我沉默不語，整顆心都在下沉……

上方艙口探入一張白淨發光、有如瓷盤的圓臉。

「喂，D－503！請快點過來！我們這邊得出懸臂樑[1]剛性結構[2]與中心力矩在方形截面的應力了。」

沒聽他說完，我便飛快朝他奔去——我可恥地逃跑了。連頭都沒勇氣抬起——腳下

1 只有一端錨固的樑，將荷載以彎矩和剪力形式傳遞到支座。常用於建築工程上。

2 在建築物或構造物上設置的一種耐震結構。

的玻璃階梯散發耀眼光芒，使我迷眩不已，每踏一階，我便感到滿心絕望：我是個罪人，深受毒害——這裡沒有我的位置。我再也無法融入這精準的機械旋律之中，亦無法徜徉於這片平和鏡海。我將永受灼燒之苦，輾轉奔波，只爲尋覓一處能讓我不再抬眼見人的角落——我將永遠如此，直至找到力量擺脫——

一道冰冷的閃光穿過，我內心一片空蕩，我怎樣都無所謂，可她也會被告發，她也會……

我爬出艙口，來到甲板，接著停頓下來。我不知道現在該去哪裡，也不知爲何會來到這裡。我望向天空，疲憊不堪的太陽晦暗地升到中天，下方平躺著「積分號」灰撲撲的、毫無生命力的玻璃身軀。粉紅血液已然流盡，我很清楚，一切僅是我的幻想罷了，世事照常不變，同時我也明白……

「您怎麼啦？D－503！耳聾了嗎？我一直在喊您……您怎麼啦？」這是副工程師的聲音，他直接附在我耳邊大喊，應該已經喊很久了。

我怎麼了？我失去了方向盤。引擎持續轟轟作響，顫巍巍地向前飛馳，卻沒有方向盤——我不知道自己正朝什麼方向飛：向下——立刻撞到地面；或者向上——飛向太陽、飛向火焰……

筆記十六

摘要：
黃色．平面陰影．不治之症的靈魂

已經有幾天沒寫筆記了。我不曉得確切天數：因爲所有日子如出一轍，全是單一色彩——黃色，好似乾燥、燠熱的沙漠，沒有絲毫遮蔭，也沒有一滴水，唯有無邊無際的黃沙。我不能沒有她——而她，自從在古屋莫名消失後……

從那之後，我僅在散步的時候見過她一次。那是兩天、三天，還是四天以前的事——我不知道：因爲所有日子如出一轍。她與我擦肩而過，瞬間塡滿空寂的黃沙世界。同她挽著手的是——只及她肩膀高的上下佝僂的S和紙片人醫生，還有第四個人——我只記得他的手指，特別纖白、修長，好似一束光線射出制服袖口。I朝我揮手致意，接著越過S的腦袋，俯身向那長著光束手指的人低語。我只聽見「積分號」三個字，那四人全部轉頭看我。很快地，他們消失於灰藍色的天幕之中，眼前又是那條乾枯的黃沙道路。

當天晚上，她有一張來我這裡的粉紅票。我站在通訊機前——懷著又愛又恨的心情祈求它響起，白色的號碼顯示區上快快浮現I－330的編號。電梯門吱嘎作響，裡頭走出一個個編號：高挑的、蒼白的、粉紅的、黝黑的……我周圍的窗簾紛紛落下。可沒有她。她沒來。

或許，就在這一刻，在二十二點整的此時此刻，在我寫下這句話的時候——她正閉著雙眼，同樣將肩膀偎靠在某個人身上，對他提出相同問題：「你愛我嗎？」她會對誰說呢？那男子是誰？是光束手指還是口沫橫飛的厚唇R？抑或是S？

S……爲何這些日子以來，我總是聽見身後傳來他那扁平的腳步聲，彷彿踩在水窪中啪噠作響？爲何他這段日子皆如影隨形地跟隨我？我身前、身旁、身後，總會出現一個灰藍色的平面陰影：哪怕旁人穿過它、踩踏它，它始終留在這裡，跟在我身旁，宛如有條無形臍帶將我與它相連。或許，這條臍帶便是她吧——I？我不知道。或者，也可能是他們——保衛者們，已經知曉我……

假如有人告訴你：你的影子能夠看見你，無時無刻都在觀察你。你能理解嗎？於是，忽然間你內心湧現一股奇異感：雙手彷彿不屬於自己，造成了阻礙。這正是我的感覺，我揮手的動作多麼愚蠢，和步伐毫不合拍。又或是我突然感覺必須回頭察看，卻無法轉頭，怎麼也做不到——頸部彷彿被鎖死，動彈不得。於是我拔腿狂奔，速度越來越快，可我用背部也能感覺到：那團影子同樣越跑越快，我無處可躲、無處可逃……

我回到房間——終於，只有我一個人。可屋內有另一樣東西——電話。我再度拿起話筒：「是的，請接I－330。」聽筒那端傳來輕微聲響，是某人的腳步聲，經過她門外的走廊，隨後是一片靜默……我丟下話筒——不行，不能再這樣下去了。我要去找她。

這是昨天的事。我衝到她的住處，從下午十六點到十七點，我在她屋外整整徘徊了一個小時。無數編號列隊從我身旁經過，上千隻腳踏著整齊的節奏，彷彿一隻萬足巨獸[1]，擺動身軀，緩緩行過。而我——唯獨我一個人，被風暴沖刷至無人荒島，持續在灰藍色的浪潮中尋尋覓覓。

很快，我就會看見那兩道尖銳嘲諷、高高挑起聳入雙鬢的眉梢了，還有那對幽黑窗戶般的眼眸，裡頭有熊熊燃燒的爐火與暗影流動。我將長驅直入，對她說「妳」——必須用「妳」：「妳明知我不能沒有妳。爲何如此對我？」

可她始終無消無息。我忽然發覺四周一片寂靜，驀地，我聽見音樂鐘塔響起——才意識到：已經過了十七點，大家早已離開，只剩我一個人，我遲到了。周遭是一片玻璃荒

1 利維坦，聖經中提及的巨大海怪。

漠，覆滿黃色陽光。我彷彿注視水中倒影，看見玻璃表面映射出牆面，牆面閃閃發光，上下顛倒懸掛其中；我也同樣可笑地倒懸在玻璃之中。

我必須盡快離開，立刻趕去衛生部，取得診斷書，證明我病了，否則我會被逮捕，並且——啊，或許這是最好的辦法，繼續留在這裡，靜靜等待別人發現，將我送去審訊部——一下便終結所有問題，贖清一切罪行。

輕微的沙沙聲響起，我面前出現一道上下佝僂的陰影。我沒有看他，卻感受到他的視線如兩道鐵灰鑽頭飛速鑽進我體內。我使盡所有力氣，朝他露出微笑，並開口道（我必須說點什麼）：「我……我必須去衛生部。」

「有什麼事嗎？您站在這裡做什麼？」

我仍可笑地上下顛倒，倒懸於玻璃表面之中——我不發一語，羞恥得滿面通紅。

「跟我來。」S嚴厲地說。

我乖乖跟他走，揮舞著兩條毫無用處且不聽使喚的手臂。我無法抬起眼睛，所以始終走在一個頭下腳上的古怪顛倒世界之中；這裡的機器底座朝天，人們的雙腳同樣黏附於天花板，而在更低處，天空與厚實的玻璃路面融爲一體。我記得，當時最感遺憾的是，生命最後所見事物竟是上下顛倒的世界，而非其眞實面貌。可我就是無法抬起眼睛。

我們停下腳步。我面前出現一道臺階。只消跨出一步，我就會看見那些穿著白袍的醫生與巨大、無聲的氣鐘罩……

我使出最大的努力，終於把視線從腳下的玻璃移開，登時，「衛生部」三個金燦燦的大字迸在我面前。他爲何帶我來這裡，而非審訊部？他爲什麼放過我？關於這點我當下甚至沒有多想，一個箭步上前——跨過階梯，砰的一聲將門緊緊闔上——然後鬆了一口氣。這樣說來，好似從今早開始，我便如同行屍走肉般沒有呼吸，也沒有心跳——直到現在我才呼出第一口氣，直到此刻胸腔才開啓一道閘門。

室內有兩個人：一人身材矮短、腿粗如柱——目光銳利如犄角，彷彿隨時能將病人頂翻；另一人的身形單薄無比，雙唇有如閃亮剪刀、鼻樑形似利刃……正是那位紙片人醫生。

我彷彿見到親人般，連忙朝他奔去，直直撲向銳利刀鋒——同他講述我的失眠、夢境、陰影與黃沙世界。兩片剪刀唇瓣閃閃發光，露出微笑。

「您的情況很糟！看來，您已經生出了靈魂。」

靈魂？這個奇特、古老的名詞早已被人們遺忘。我們偶爾會說：「心心相印」、「漠不關心」、「黑心殺手」，可靈魂……

「這……很危險嗎？」我喃喃開口。

「不治之症。」剪刀嘴斷然回答。

「但……病徵本質究竟是什麼？我……無法理解。」

「是這樣的……該怎麼跟您解釋呢……您是數學家吧？」

「是。」

「這麼說吧，想像一個平面，表面，就像這面鏡子。我和您都位在鏡面之上，您瞧，就像這樣——我們一起瞇著眼睛閃避陽光，還有這根冒著藍色火花的管線，那邊也有一道飛行器駛過留下的陰影。這些事物只會短暫出現在表面之上，轉瞬即逝。然而，請想像這層無法穿透的鏡面，受火焰灼燒，忽而軟化，不再平滑如新——於是鏡面上的一切盡皆陷落，滲入鏡中世界，我們如同孩子般好奇地向內窺視——我向您保證，孩子絕對沒有這麼愚蠢。於是一個平面變得具有容積，化爲一個整體，形成一個世界。而在這面鏡子內部——或說您身體內部——出現了陽光、飛行器產生的渦流、您和旁人顫抖的嘴唇等等。您知道的，冰冷的鏡面會反映、反射光線，而這座鏡子世界卻會吸收事物，將所有印記永遠留存下來。例如某天，您在某人臉上看見一道顯眼的皺紋——那道皺紋便會永遠留存在您心中；或者某次，您在寂靜之中聽見水滴聲——如今那聲音仍在您耳邊縈繞不去……」

「沒錯，沒錯，正是如此……」我抓住他的手。我現在又聽見：在一片靜默之中，洗手台的水龍頭正緩緩滴水。我知道，我永遠忘不了這聲音。「可爲何我會忽然冒出一個靈魂？以前沒有、從來沒有——可忽然間……爲何別人都沒有，我卻……」

我將這隻細瘦的手抓得更緊，生怕失去這個救生圈。

「爲什麼？爲什麼我們沒有羽毛、沒有翅膀——只有翅膀的根部——肩胛骨呢？因爲我們不需要翅膀——有了飛行器，再長翅膀只會礙事。翅膀是用來飛行的，而我們已不需要遷徙：我們已經飛抵了目的地，找到了要找的東西，不是嗎？」

我茫然地點頭，他看了我一眼，笑了起來，笑聲如同手術刀般尖銳。另一位醫生聽見我們的交談，邁著粗壯短腿蹬蹬蹬走出自己的研究室，犄角般的雙眼先頂向紙片人醫生，再頂向我。

「怎麼回事？什麼靈魂？你們在說靈魂嗎？眞是豈有此理！再這樣下去，我們很快就要退回霍亂大流行的時期了。我跟您說過——」他用犄角眼頂向紙片人醫生：「我跟您說過，應該對所有人動手術——所有人……切除他們的幻想神經。這種病唯有外科手術能治，只能靠外科手術……」

他戴上一副巨大的X光眼鏡，圍著我來回轉了一段時間，透過顱骨仔細檢查我的大腦，並在本子上做記錄。

「非常、非常奇特！聽著：您會否同意使用酒精浸泡消毒？您這種情況對聯眾國而言屬於特例……可以幫助我們預防流行病蔓延……當然，如果您沒有什麼特殊理由……」

「您不知道吧，」紙片人醫生說：「D－503是『積分號』的建造者，我認爲這麼做可能會破壞……」

「喔。」犄角眼醫生哼了一聲，又邁著短腿走回自己的研究室。

只剩我們兩人。紙片般單薄的手掌輕柔地覆上我的手，醫生側臉貼近我，低聲說：「我偷偷告訴您——您並非唯一的一個。因此我同事才會說，不久會爆發大流行。您試著回想，您是否曾經注意到任何人出現過類似——十分類似、相近的症狀……」他直勾勾地盯著我。他在暗示什麼——是誰？莫非——

「您聽我說……」我從椅子上跳起來，可他已經轉移到別的話題，高聲說道：「……至於您提到的失眠與做夢困擾——我只能建議您多走路。從明早開始出外散步吧……至少要走到古屋那一帶。」

他的目光再次穿透我，臉上隱隱露出一絲微笑。我感覺，或說我十分清楚看見那隱晦的微笑之中裹著一個字眼——一個字母——一個名字，獨一無二的名字……又或者這些只是我的幻想？

好不容易等他開完今明兩天的疾病診斷書，我再次沉默地緊緊握了握他的手，便向外衝了出去。

我的心情變得輕快無比，彷彿一架飛行器，載著我向上騰飛。我知道明天將有歡樂的好事發生。那會是什麼呢？

筆記十七

摘要：隔著玻璃．我死了．走廊

我十分迷惑。昨天，正當我以爲一切已經豁然開朗，所有X皆已找出解答之際——我的方程式又冒出新的未知數。

整個故事的座標原點——自然是古屋。從這原點開始延伸出的X軸、Y軸、Z軸，於最近這段日子，建構了我的整個世界。我沿著X軸（五十九大街）走向座標原點。昨日發生的事件，有如彩色旋風在我體內翻騰：上下顚倒的房子與人、不聽使喚的手臂、閃閃發光的剪刀與我曾聽過一次的——洗手台傳來的清晰滴水聲。這一切如同旋風撕扯我的肉體——在熔化的鏡面之下，也就是「靈魂」所在之處，急速翻飛。

我遵從醫生指示往古屋走去，特意選擇沿著直角邊行走，而非直角三角形的斜邊。現在我已走到第二條邊線，即綠牆腳下的環形坡路。牆外是一片無邊無際的綠色海洋，樹木根枝與花葉的原始氣浪，以鋪天蓋地之勢，迎面向我襲來，將我淹沒，把我從人類——從一個最爲精細、準確的機器轉變爲……

不過，幸運的是，在我與狂暴的綠色海洋之間，還隔著一道玻璃高牆。噢，牆與障礙物，是多麼偉大的智慧，具有神奇的限制作用！這或許是最了不起的一項發明。當我們築起綠牆的那一刻，將我們完美的機械世界與樹木、禽鳥、動物所生活的蒙昧、混亂世界分隔開來，人類才不再屬於野蠻動物。

隔著黯淡的霧面玻璃牆，一頭面目難辨的野獸呆呆地看著我，牠固執的黃眼珠始終帶著某種我無法理解的意涵。我們相互對視良久，好似鏡面世界內外的兩口深井相互對映。我腦中興起一個念頭：「說不定，這頭黃眼珠的野獸，住在骯髒凌亂的樹葉堆裡，過著沒有數字的生活——卻比我們還要幸福？」

我抬手一揮，野獸眨眨黃眼珠，向後退去，消失在樹葉中。可憐的東西！我竟認爲牠比我們幸福——多麼荒謬的想法！或許，牠是比我幸福，不過要知道我是例外，我有病啊。

是呀，我……現在我已能看見古屋的暗紅色外牆和老太太那可愛且布滿皺紋的嘴——我快步奔向老太太，問道：「她在這裡嗎？」

皺巴巴的嘴緩緩張開：「她？指的是誰？」

「唉，還會是誰？當然是I……先前我和她曾一起坐飛行器來到這裡……」

「啊、啊——原來如此……原來如此……」

她唇畔的皺紋與黃眼珠射出狡猾的光線，鑽入我體內，越鑽越深……終於她說：

「嗯，好吧……她在這裡，不久前剛到。」

這時，我發現老太太的腳邊長了一叢銀白色的苦艾（古屋的庭院同屬博物館的一部份，謹慎維持史前風貌），其中一根枝葉觸及老太太的手，她撫摩著枝葉，一縷金色陽光映照在她膝上。在這一瞬間，我、陽光、老太太、苦艾與野獸的黃眼珠——我們全部融爲一體，彷彿有道共同的血脈將我們緊緊相連——熱情而神妙的血液，流淌於我們的血管……

現在寫出這些，我感到很不好意思，可我曾保證，在這本筆記裡我會全然坦誠。所以，我俯身親吻老太太那柔軟、皺巴巴、如苔蘚般毛茸茸的嘴唇。她用手擦擦嘴，笑了起來……

我飛奔過那些熟悉的、充滿回音的昏暗房間——不知出於什麼原因，我徑直奔向臥室。當我已經來到門邊，並且握住門把之際，腦中忽然閃過一個念頭：「要是她和別人在一起，該怎麼辦？」於是我停下來，側耳傾聽，卻只聽見自己的心臟怦怦狂跳——而這聲音並非來自我體內，而是源於我身邊某處。

我走進房間。大床鋪得整整齊齊，沒有絲毫皺褶。房裡有一面鏡子，壁櫥門上還鑲著另一面鏡子，鑰匙孔上插著一把帶有古老圓環的鑰匙。裡面一個人也沒有。

我輕輕喚了一聲：「I，妳在嗎？」接著我閉上雙眼，屏住呼吸，用更加輕柔的聲音呼喚，彷彿已然跪在她跟前。

「I！親愛的！」

四下無聲。只有水龍頭的水滴到白色洗手台的急促聲響。我無法解釋原因，但這聲音讓我感覺很不愉快，於是我扭緊水龍頭，離開房間。顯然，她不在這裡。也就是說，她可能在其他「公寓」裡。

我順著昏暗、寬廣的階梯一路跑下來，伸手拉動第一扇門、第二扇和第三扇門——全都鎖住了。所有公寓都鎖著，只有「我們」那間公寓例外，而那裡一個人也沒有……

於是，不知爲何，我又回頭朝那間公寓走去。我走得緩慢而吃力——鞋底彷彿突然變成鐵塊。我清楚記得當時的想法：「重力是常數[1]的理論有誤。所以，我的公式全部……」

這時，傳來一聲巨響：最下方的大門砰地關上，有人快步跑過石板路，發出蹬蹬

1 又稱萬有引力常數，即萬有引力定律中表示引力與兩物體彼此之間作用力的關係常數。

聲響。我的身軀再次變得輕盈，以最敏捷的速度撲向欄杆，探出身體，想要大喊一聲：「妳！」只這一個字，便包含了千言萬語。

接著我僵住了：樓下，在窗櫺的方形陰影中，飛快閃過S的腦袋與那對形如翅翼、不停鼓動的粉紅招風耳。

電光石火之間，沒來由地，我只有一個單純的結論，就是：「絕對不能讓他看見我在這裡。」（至今我仍不明白當時為何會有這個決定）

於是我踮起腳尖，緊緊貼著牆壁——悄悄溜上樓——往那間沒上鎖的公寓走去。

我才到門口一秒鐘，S那笨重的腳步聲也跟著上樓，朝這裡走來。若是門能無聲開啓就好了。我對著門祈禱，可門是木製的，發出尖銳的嘎吱聲響。紅紅綠綠的物體與金色佛像，如風一般從我身旁飛掠而過——我衝到壁櫥前，門上的鏡子映出我蒼白的臉孔，眼睛與嘴唇都處於凝神細聽的戒備狀態……我聽見——血液流動的聲音——大門再次嘎吱作響……是他，他來了。

我抓住壁櫥門上的鑰匙，上頭垂掛的圓環晃動起來。這使我聯想起某件事——霎時，我再度毫無來由地做了一個乾脆的決定——確切來說，是個片段的想法：「那一次，I——」我迅速打開壁櫥門，鑽進黑暗的櫥櫃之中，將門緊緊關上。我跨出一步，腳下一陣晃動，我的身體緩緩向下飄落，眼前一片黑暗——我死了。

事後，當我必須記述這些奇特的經歷時，我曾極力回想當時的情景，並翻閱書本尋找答案——現在，我當然明白：當時的我處於一種短暫的假死狀態。古人對此相當熟悉，然而我們——據我所知——對此現象毫無概念。

我不曉得自己死了多久，可能有五到十秒鐘吧。沒過多久，我便睜開眼睛，死而復生：周遭一片黑暗，我感覺自己不停在下降、下降……我伸手想抓住東西——卻只擦過粗糙的牆面，飛快上升的牆壁，將我的指尖擦出血來。顯然這一切並非出於我的病態想像，可到底是怎麼回事呢？

我聽見自己的呼吸變得短促而顫抖（我羞愧地承認，一切發生得太過突然，並且超乎理解）。一分鐘、兩分鐘、三分鐘過去了——我仍在往下沉。終於，我腳下那塊不停下降的地面輕輕一震——靜止不動了。我在漆黑之中摸到一個門把，伸手一推——門開了，一道黯淡的光線透進來。我看見身後一座方形小平台迅速向上升去。我連忙衝上前——可是已經太遲了。我被丟在這裡了……可「這裡」究竟是何處——我不曉得。

門外是一條通道。四周一片死寂，壓得人喘不過氣。圓形拱頂上掛著一排小燈泡，燈光忽明忽滅、閃爍不定，形成一條連綿不絕的虛線。這裡有點像我們的地鐵「甬道」，只是更爲狹窄，且並非用我們熟悉的玻璃材料製造，而是某種古老建材。我腦中忽然閃過一個念頭——防空洞，兩百年戰爭時期不少人在此避難……不管如何，我必須向前走。

我估計自己走了約莫二十分鐘。接著向右拐彎，通道變得更寬，燈泡也變得更亮。我聽見模糊的嗡嗡聲響，也許是機器發出的聲音，也許是人聲——我不知道。我站在一扇沉重且不透明的門邊，聲音便是從裡面傳出來的。

我敲敲門。然後更加用力地敲門。門後瞬間靜了下來。裡頭傳來一陣噹啷聲響，門遲緩而沉重地開啓。

我不曉得，我們之中誰更吃驚——出現在我面前的竟是有著尖銳鼻樑的紙片人醫生。

「是您？您怎麼會在這裡？」說完，他的剪刀嘴啪地一聲合起來。而我——我彷彿聽不懂人話，只是默默盯著他，完全不明白他在對我說什麼。他大概在說，我應該離開這裡，因爲接下來，他迅速用他那跟紙張一樣扁平的肚子，將我擠到通道盡頭較爲明亮之處——還朝我的背推了一下。

「請允許……我想……我認爲她，I－330……可有人跟蹤我……」

「您在這裡等著。」醫生打斷我，然後掉頭就走……。

終於！終於，她來到我身旁，就在這裡——現在「這裡」是哪裡已經無所謂了。我又看見那熟悉的藏紅色綢衣裙，螫人的微笑與垂簾雙眸……我的嘴唇、雙手與膝蓋顫抖不已——腦中冒出一個愚蠢的念頭：「振動會產生聲音。顫抖應當也會發出聲響。爲何我聽不見呢？」

她睜大雙眸，向我完全敞開，我深深陷入其中……

「我不能再這樣下去了！您剛才在哪裡？爲什麼……」我一秒鐘也無法將視線從她臉上移開，我好像在胡言亂語——說得又急又亂——又或者，我只是在腦中這麼想，還未說出口。「有個影子——跟在我身後……我死了——從壁櫥裡……因爲您的那個醫生……用剪刀嘴說：我有一個靈魂……無藥可救……」

「無藥可救的靈魂！我可憐的孩子！」I笑了起來——清脆的笑聲灑落四處，閃閃發光，我浸潤在她的笑聲之中，所有囈語盡數消失，一切顯得多麼美好。

醫生又從轉角處冒出來——他是個多麼優秀、出色的紙片人醫生啊！

「怎麼回事？」他走到她身邊問。

「沒什麼，沒什麼。我晚點再跟您說。他是意外來到這裡……告訴他們，我再過十五分鐘就回去……」

醫生的身影迅速消失在轉角處。她等到門碰地一聲重重闔上，才慢慢將她的肩與手，然後是整個身體依偎在我身上——彷彿用一根甜蜜而尖銳的針緩緩穿透我的心臟——我們一起向前走，我和她又在一起了——合二爲一……

我不記得我們是從何處轉進黑暗之中——在一片漆黑中，我們默默無語，沿著階梯向上爬，好似沒有盡頭。儘管我看不見，卻知道她同我一樣——閉著眼睛盲目行走，向上昂頭，咬緊嘴唇，聆聽樂聲——來自我身上的低微顫音。

待我回過神來，發現自己位在古屋庭院的一處偏僻巷弄（這裡有無數類似的地方），旁邊有一道土牆，地面殘留著裸露石材和黃牙似的歪斜牆基。I睜開眼說：「後天十六點見。」然後就離開了。

這一切都是真的嗎？我不知道。等到後天就會知曉了。唯有一個真實的線索留存：我的右手指尖表皮全都擦傷了。可今天在「積分號」工作時，副工程師很肯定地說，他似乎看見我的手指不小心碰到了砂輪——傷口就是這麼來的。或許是這樣吧，很可能真是如此。我不知道——我完全不知所以。

筆記十八

摘要：

邏輯叢林．傷口與藥膏．再也不會

昨天我一躺下便立刻陷入深沉睡眠，如同一艘翻覆的超載貨船沉入海底，波濤蕩漾的青綠海水層層包圍著我。我緩緩從海底浮上來，中途忽然睜開雙眼：我在自己的房間，仍爲泛著青綠色調的冷寂清晨所包圍。細碎陽光透過衣櫃門上的鏡子射入我的眼睛，使我無法精準履行時間表規定的睡眠時間。若是能打開衣櫃就好了，可我感覺自己整個人彷彿困在蜘蛛網中，被蛛絲蒙住雙眼，無力起身……

我還是掙扎著起身，打開衣櫃——驀地，在鑲著鏡子的櫃門後方，冒出了渾身粉紅的I，正在解開身上的衣裙。如今再詭異的事發生，我都能習以爲常——我記得，我甚至毫不驚訝，什麼也沒問，便匆匆鑽進衣櫃，砰地一聲把門關上——氣喘吁吁地胡亂摸索、貪婪而急切地與I合爲一體。現在我仍清楚記得：一道強烈陽光如閃電般穿透門縫刺進黑暗，曲折映射在衣櫃底板與內壁上，然後向上——這道殘酷而閃亮的光刃，落到I向後仰的赤裸頸部……不知爲何，這一幕使我感到恐怖至極，忍不住大聲喊叫——我又一次睜開雙眼。

依然是我的房間，和同樣泛著青綠色調的冷寂清晨。細碎陽光映照於衣櫃門上。而我躺在床上——只是一場夢而已。可我的心臟仍在劇烈跳動、揪縮、擠壓，指尖與膝蓋也隱隱作痛。適才的一切——毫無疑問發生過，然我現在分不清：什麼是夢境，什麼是現實。無理數在我原本熟悉可靠的三維空間發芽生長，與此同時，堅硬光滑的平面世界也變得滿是疙瘩、凹凸不平……

距離晨鐘響起還很久。我躺在床上，內心一邊思索——如何破解這一連串古怪至極的邏輯鎖鏈。

在平面世界中，每道公式與方程式皆有相對應的曲線或物體。我們卻無法得知，無理數公式與我的負1開根號之間有何對應物體，我們從未發現過這些東西……然而，可怕之處就在這裡，這些物體——儘管無形卻眞實存在，它們肯定且必然存在：因爲在數學中，無理數公式那長著鉤刺的古怪身影，如同屏幕投影般呈現在我們面前。數學與死亡——二者永不出錯。假如在我們的世界中，在平面世界之上，從未見過這些物體，那它們必然存在於另一個完整而巨大的世界之中，意即隱藏於平面之下……

還未等到鐘響，我便跳下床，在房裡急促地來回踱步，我的數學——至今爲止，在我失序的生活中，是我唯一堅穩可靠的安全島——如今它同樣脫離正軌，開始漂移打轉。這個古怪的「靈魂」究竟是什麼？是否如同我的制服與靴子一樣實在？——儘管現在我看不見它們（它們收在鑲著鏡子的衣櫃門後）。假如靴子不屬於病徵——何以「靈魂」會被視爲疾病？

我尋尋覓覓，卻找不到出口逃離瘋狂的邏輯叢林。這座神秘奧妙的恐怖叢林，正如同綠牆後方的那片野原一樣——都是同樣奇異、古怪，無法用言語溝通的生物。我感覺自己彷彿透過一面厚重的玻璃，觀望那既無限巨大，卻又無限渺小，形似蠍子，藏著一根帶有負號的鮮明鉤刺：負1開根號。啊，或許，這並非其他生物，而是我的「靈魂」，它如同古代神話中的蠍子[1]一樣，情願犧牲自己去螫咬……

晨鐘響起，一天開始了。上述的一切不會結束、不會消失，只是爲白晝的光線所掩蓋；就像所有可見物體不會消失，只在夜晚來臨時爲夜色遮掩。我的腦中泛起一層朦朧薄霧，透過霧氣，我看見一張張長條玻璃桌和許多圓滾滾的腦袋，他們緩慢、無聲、有節奏

1 此處應指希臘神話中天蠍座的由來。

地咀嚼食物；遠處，節拍器的答答聲響穿透霧氣，伴隨這熟悉、親切的音樂，我同其他人一起機械化地數到五十：五十下，是規定的食物咀嚼次數。接著，我機械化地遵從節奏下樓，和其他人一樣，將自己的名字寫在外出登記簿上。然而，我感覺自己與所有人區隔開來，周圍彷彿有一道隔絕聲音的柔軟圍牆，而在牆內——是我一個人的世界……

可問題來了：假如這世界只屬於我，我為何要將其記述在筆記之中？我為何要在這裡記錄那些關於衣櫃、沒有盡頭的走廊之類的荒誕「夢境」？我悲傷地發現，我創作的並非格律嚴謹、稱頌聯眾國的數學詩歌，反而變成一部充滿幻想的冒險小說。唉，假如這真的只是一部小說，而非我這充滿未知數X與負1開根號的墮落現實生活，該有多好。

不過，或許一切都會往好的方向發展。你們，我不知名的讀者啊——與我們相比，你們可能還只是孩子（畢竟我們由聯眾國培育成長——是以，我們已經達到了人類所能企及的頂峰）。正因你們如同孩子——只要我用冒險小說的濃厚糖衣精心包裹苦藥，你們便會毫不反抗地吞下去。

到了晚上——

不知你們是否了解這種感覺：當你們乘著飛行器沿著青空盤旋飛升，機窗敞開，狂風呼嘯著撲面而來——大地彷彿消失了，你們遺忘了它的存在，大地變得如同土星、木星、金星一樣遙遠。這就是我現在的生活寫照：狂風迎面襲來，我遺忘了大地、遺忘了親愛的、粉嫩的O。可大地依然存在，遲早我都要降落到地面，我只是閉眼不去面對，性生活表上註記著她——O－90的編號……

今晚，遙遠的大地向我提醒了它的存在。

爲了執行醫生的建議（我眞誠且由衷盼望恢復健康）——我沿著冷清、筆直的玻璃大街整整徘徊了兩小時。按照時間表規定，眾人都待在禮堂內，只有我孤單一人……實際上來說，這是一種反常現象，請試著想像，將手掌上的一根手指切下——這根孤零零的手指，彎著身子，蹦蹦跳跳，沿著玻璃人行道奔跑。這根手指——就是我。最奇怪且最反常的是，這根手指完全不想回歸手掌和其它手指待在一起，只想一個人獨處，或者……是啊，我已不需隱瞞：我想和她在一起——透過肩膀、交握的手指，再次將我的所有灌輸到她身上。

太陽落下時，我回到家。晚霞的粉色餘燼映照在玻璃牆面與儲能塔的金色尖頂上，也點亮了迎面走來的編號們的說笑聲。多奇怪呀，夕陽餘暉落下的角度，與清晨燃起的朝日完全相同，可一切又是全然迥異，就連粉色霞光也各具異彩——日暮的晚霞顯得寂靜且略帶苦澀，可到了日出時分——卻又變得響亮，泛著氣泡。

樓下前廳裡，管理員U從灑滿粉色餘暉的成堆信件中，抽出一封信遞給我。我再重申一次：這是一位值得尊敬的女士，我相信——她對我懷抱著最誠摯的好意。

然而，每次看見她那酷似魚鰓的下垂雙頰，不知爲何，我就是感覺不喜。

U嘆了口氣，用瘦骨嶙峋的手遞出那封信。不過，這聲嘆息僅是微微拂動那道將我阻隔於世的簾幕：我全副心思都放在信封上，我用顫抖的雙手捏住它——我毫不懷疑，這封信出自I之手。

這時，U再次發出嘆息，因爲聲音太過刻意，好似畫了兩道底線，我從信封上抬起視線，看見她魚鰓臉上羞怯低垂的眼簾——透出一抹柔情洋溢的刺目笑意。

接著她開口道：「您眞是個可憐人，可憐哪。」她又重重嘆一口氣（彷彿畫上三重底線），朝我手中的信封微微點了點頭（她自然知道信件內容，這是她的職權所在）。

「不，其實我並不，我……您爲什麼這麼說呢？」

「不、不，親愛的，我比您自己更了解您。我很早以前就在關注您，我認爲，您需要一個擁有多年生活經驗，能夠與您在人生中攜手相隨的伴侶……」

我感覺：她的微笑如同藥膏敷滿我全身——這是治療傷口的藥膏，而創傷源自於我手中那封顫抖的信。

最後，她透過羞怯的眼簾，低聲說：「我要想一想，親愛的，我會想一想。您可以放心，如果我覺得自己有足夠的勇氣——不、不，我還是應該再考慮一下……」

偉大的至恩主啊！莫非她是想對我說——難道我命中注定……

我眼冒金星——彷彿有上千條正弦曲線在我眼前晃動，手中的信不停顫抖。我走到牆邊，靠近亮光處。夕陽逐漸暗沉，淒涼的粉色餘暉越趨深濃，覆住地面、覆住我的身體、雙手與那封信。

我拆開信封——飛快掃視署名——一道傷口浮現——不是I、不是她，而是……O。又一道傷口撕裂：在信紙右下角，有一滴暈開的墨跡……我無法忍受汙點——無論是墨水或其他東西造成的都一樣。從前，這些討厭的汙點只是讓我覺得看了不舒服而已，可如今，何以這團小小的灰色汙點竟如同烏雲一般籠罩著我，甚至變得愈發沉重、陰暗？或者，又是「靈魂」在作怪？

信上寫著：

您知道……又或許，您不知道——我無法清楚地在信中表達——但無所謂，現在您知道了，沒有您，我一天也活不下去，從此不再有晨光、不再有春天。R對我而言僅是……但這些對您來說都不重要了。不管怎樣，我非常感激他，如果沒有他，這些日子——我一個人不知該怎麼辦……這段期間我日夜煎熬，感覺彷彿過了十年，又或者二十年。我的房間好似也從方形變成了圓形，沒有盡頭——我走了一圈又一圈，都是相同的場景，找不到任何出口。

我不能沒有您——因為我愛您。我看得出來，心裡也明白，現在世上除了那個女人，您誰也不需要。您知道的，正因為我愛您，我才應該——

我還需要兩三天的時間，將破碎的我重新拼湊起來，多少能恢復成從前的O－90——然後我會自行提出申請，撤銷您名下的登記，這樣對您來說應該比較好，您應當會過得很幸福。我再也不會出現了，永別了。

再也不會出現。她是對的，這樣當然再好不過。可爲什麼、爲什麼——

筆記十九

摘要：三階無窮小量[1]．扭曲的眉毛．越過欄杆

在那裡，在那掛著一排虛線般黯淡、閃爍小燈泡的奇怪通道中……或者，不、不，不是那裡，而是稍後，當我們回到古屋庭院的某個偏僻角落，她說：「後天見。」這個「後天」──就是今天，一切彷彿都像長了翅膀似的，白日時光飛逝，而我們的「積分號」早已裝好機翼：火箭引擎的安裝工程告終，於是今天我們進行了空載測試。火箭的噴發是多麼美麗燦爛且雄偉壯闊啊！對我而言，每一聲轟鳴都是對她──我心目中的唯一致敬，同

1 在經典的微積分或數學分析中，無窮小量是以零爲極限的變量，無限接近於零。而不同的無窮小量收斂於零的速度有快有慢，爲了描述這種速度，故引入階的概念。因此兩個無窮小量之間又可分爲高階無窮小、低階無窮小、同階無窮小、等價無窮小。

時也是向今天致敬。

第一次測試（噴發）時，裝配廠上約有十來個粗心大意的編號恰好站在引擎噴嘴下方——除了一點碎屑與焦炭外，他們被炸得幾乎屍骨無存。在此我無比自豪表示，我們的工作節奏並未因這起事件產生分秒停頓，也無人為此感到驚嚇；我們與我們的機床保持同樣的精準，持續進行直線和圓周運動，彷彿什麼事都沒發生。區區十來個編號——幾乎不到聯眾國人口的億分之一，實際運用數學計算——不過是三階無窮小量。只有古人才會因為缺乏數字概念而產生憐憫心，我們認為這點十分可笑。

我覺得同樣可笑的是，昨天我竟然為了一團微不足道的灰色汙點、一滴墨跡而感到困擾，甚至寫進筆記之中。這同樣是「鏡面軟化」造成的影響，它本該如鑽石般堅硬，像我們的牆一樣。（古代有句諺語：「豌豆撞牆」，表示毫無作用）

十六點到了。我沒有參與最後的散步時間。說不定，她可能會一時興起，正好選在這個太陽高掛，大家都在嗡嗡喧鬧的時間過來。

我大概是唯一待在屋裡的人。透過左右兩側與下方灑滿陽光的玻璃牆面——我可以看得很遠——到處都是懸掛在空中，空無一人的房間，有如對鏡複製般，完全相同。唯獨陽光投射點點陰影的淡藍色台階上——有個瘦削的灰色人影正慢慢向上爬升。腳步聲清晰可聞——我透過門向外看去——感覺一個膏藥般的微笑朝我貼上來——接著，這道人影經過，從另一邊樓梯下去了……

通訊機答答響起。我撲向狹小的白色號碼顯示區……上頭是一個陌生的男性編號（帶有輔音字母）。電梯發出嗚響，門啪地一聲闔上。站在我面前的是一個穿著邋遢的男人，歪戴著一頂壓低到額頭的帽子，而他的雙眼……予人一種非常古怪的印象，彷彿緊蹙眉頭之下的雙眼會說話似的。

「這是她給您的信。」聲音從帽簷下的緊蹙眉頭發出：「她在信中吩咐了一切，請您務必照做。」

他緊蹙眉頭，從帽簷下方環視周圍。現在沒有半個人，唔，快點給我信啊！他又一次環顧四周，把信塞給我，便離開了。我又是獨自一人。

不，我並不孤單：從信中掉出一張粉紅票，還有一股屬於她的淡淡香氣。這是她的味道，她要來了，她要來找我了。我要快點讀信——我要親眼看過才會完全相信……

什麼？不可能！我又讀了一遍——跳過這幾行字：「這裡有一張票……請務必放下窗簾，假裝我和您在一起……必須讓他們以爲我……我眞的非常……非常抱歉……」

我把信撕得粉碎。下一秒，我在鏡中看見自己緊皺扭曲的眉毛。我一把抓起粉紅票，打算將它撕碎，如同她的來信——

這時我又想起男人的話：「她在信中吩咐了一切，請您務必照做。」

於是我鬆開手，無力地垂下。粉紅票落到桌上。她比我強大，我似乎只能照她的意思去做。不過……不過，我不知道，現在看來，到晚上還有很長一段時間。

粉紅票靜靜躺在桌上。鏡子映照出我緊皺扭曲的眉毛。爲何我今天沒去找醫生開診斷書呢？不然就可以出去散步，沿著綠牆永無止盡地漫步——然後往床上一倒——沉入夢鄉……這時我應該大聲嚎叫與用力跺腳，但我必須前往十三號禮堂，必須緊緊克制自己，在那裡坐上兩小時——整整兩小時，一動也不動……

演講開始了。很奇怪，從閃亮擴音器中傳出來的，並非慣有的機械音，而是一個好似苔蘚般綿軟、毛茸茸的女性嗓音——我腦中閃過一個女人的樣貌：一個瘦小駝背的老太婆——酷似那名看守古屋的老婦人。

古屋……忽然間，所有壓抑的情緒噴湧而上，我必須用盡全力克制自己，以免我的嚎叫聲淹沒整座禮堂。綿軟且毛茸茸的嗓音穿透我的身體，唯獨關於兒童和生育學的隻字片語保留下來。我像照相底片般，將所有陌生、紛雜且毫無意義的事物精準地刻印於記憶中：擴音器上的反光有如一把金色鐮刀，而在擴音器下方——是一個幼童，活生生的教材範例——正伸手探向機器核心。只見他嘴裡咬著迷你制服，緊緊握住小拳頭，大拇指（準確地說，是小小指頭）包覆在其中，手腕上有一圈淡淡的陰影——是肉乎乎的小褶痕。我像照相底片般，捕捉即時畫面：幼童一條光裸小腿已經探出講台邊緣，手指如同粉紅小扇子在空中揮舞——下一秒，就要摔到地板上了——

此時，一個女人尖叫起來，制服底下彷彿冒出兩片透明翅膀，朝講台直飛而去。她抓住幼童——以嘴唇親吻他手腕上那道肉乎乎的小褶痕，接著把孩子移到講桌中央，再走下講台。這一幕同樣印在我腦海中：女人嘴角下撇，粉唇形似彎月，圓如碟子的藍眸盈滿淚水。那是——O。而我，彷彿正在解讀某道邏輯嚴密的公式——驀然從這起微小事故當中，覺察到某種必然與合理性。

她坐在我左後方不遠處。我回頭看她，她的目光隨即離開桌上的幼童，順從地轉向我，直直望進我眼裡，於是，她、我和講台上的桌子——再次形成三個點，透過這三點連成三條線，影射某些即將發生的無形事件。

我沿著黃昏時分的林蔭街道走回家中，路燈已經亮起，照得大街耀眼無比。我聽見自己的身體持續滴答作響，宛如鐘錶；我體內的指針，即將跨越某個數字，一旦我這麼做，便再也無法回頭。她需要讓某個人認為她和我在一起。可我需要她，她的「需要」與我何干？我不想成為別人的障眼法——我不願意，就是這樣。

身後傳來熟悉的腳步聲，彷彿踩在水窪啪噠作響。我不用回頭便知道是S。他會一路跟到大門口——接著，大概會站在下方的人行道，試圖用鑽頭般的雙眼鑽進我的房間——直到我降下遮掩罪惡的窗簾……

他，保衛天使，爲此事劃下句點。我決定不照她的吩咐去做。我心意已決。

我上樓走進房間，打開燈——簡直不能相信自己的眼睛：O竟站在我桌前。或者，更確切地說——像一件褪下來的、空蕩蕩的衣服垂掛在那裡——她衣服底下的身軀彷彿失去所有發條裝置，四肢亦然，聲音也有氣無力。

「我來——是想談談我的信。您收到了？對嗎？我需要知道您的答案，我必須知道——今天就要。」

我聳聳肩。看到她盈滿淚水的藍眼睛——我充滿快感——彷彿她是一切的罪魁禍首，於是我遲遲不肯回答，並且懷著扭曲的快感，一字一句地傷害她：「回答？有什麼好說的……您是對的。毫無疑問，您說的都對。」

「也就是說……」她試圖用微笑掩飾輕微顫抖，然而被我看穿了。「嗯，很好！我現在——我現在就離開。」

可她依然垂掛在桌前，雙眸、雙手、雙腳都無力地垂了下來。那張皺巴巴的粉紅票同樣躺在桌上，我迅速攤開這本筆記——用《我們》的手稿遮住粉紅票（或許是爲了我自己，而不是O）。

「瞧——我還在寫，已經寫到一百七十頁了……倒是有些出乎意料。」

她開口——聲音幽幽：「您還記得嗎……當時我的眼淚滴落在……您筆記的第七頁上

——而您……」

如同小碟子的圓潤藍眸溢出淚水，迅速無聲地沿著臉頰滑落，伴隨著滑落的淚水，她匆匆開口：「我不能……我現在就走……我再也不會出現了，就這樣吧。我只是想——我應該要有您的孩子——給我一個孩子，然後我就離開，我馬上離開！」

我看見她制服底下渾身都在發抖，我感覺自己也跟著顫抖——於是我將雙手背到身後，微笑道：「什麼意思？您想被送上至恩主的死刑機嗎？」

她的話如同潰堤河水向我沖來：「我不在乎！我只是想感覺——感覺他在我體內孕育。哪怕只有短短幾天……我想看到——就算只有一次也好，我想看看他手腕上的小小褶痕——就像講桌上的那個孩子。只有一天也無妨！」

三點又出現了：她、我和講桌上那個拳頭帶著肥軟褶痕的幼童……

記得小時候，有一次，我們被帶去參觀儲能塔。在頂層通道上，我將身體探出玻璃護欄，下方的人群小如黑點，我的心跳得飛快，卻又興奮不已：「假如從這裡跳下去會怎麼樣？」當下我只是更加用力抓緊欄杆；如今——我縱身躍下。

「您真這麼想？您明明知道……」

她閉上雙眼——彷彿避免陽光直射臉龐，同時綻放出一個溼漉漉、明亮動人的微笑。

「是的，是的！我想要！」

我從筆記本下抽出另一個人的粉紅票——跑下樓去找管理員。O抓著我的手，喊了些什麼，可我當時沒注意，等回到房間才明白過來。

她坐在床邊，雙手緊緊按住膝蓋。

「那……那是她的票嗎？」

「這有什麼關係？嗯，是她的，沒錯。」

某個東西發出喀嚓一聲。大概是O吧，她只是輕輕動了動，依然坐在原處，雙手按住膝蓋，沉默不語。

「怎麼了？快點……」我粗暴地抓住她的手，將她的手腕——如嬰兒般長著肉乎乎褶痕的部位，捏出好幾條紅印（明天必定會瘀青）。

這是我最後的記憶。接著，我關掉電燈，思緒伴隨燈光一同熄滅，黑暗中冒出幾點火星——我越過欄杆，向下墜落……

筆記二十

摘要：
放電．思想材料．零度懸崖

放電——這是最合適的定義。現在我發現，這正是我的寫照。最近我的脈搏變得越來越滯澀、急促、緊張——好似電池的正負兩極逐漸接近——發出乾裂的劈啪聲——只消再貼近一公釐，便會發生爆炸，然後回歸寂靜。

現在我內心變得十分平靜、空洞——好像一個病人，躺在空無一人的房間床上，可以無比清晰地聽見思緒發出的清脆聲響。

或許，這種「放電」終於治好了我，使我擺脫靈魂的折磨——我又能變得跟我們的人一樣了。至少，現在當我想像O站在立方體台階上或置身於氣鐘罩下，我內心不會產生絲毫痛苦。假如，她在審訊部供出我的名字——也無所謂：在生命的最後一刻，我將懷著虔誠、感恩的心親吻至恩主的懲罰之手。根據聯眾國法規，我擁有接受懲罰這項權利，我不會放棄這項權利。我們當中任何一個編號，都不應該也不敢拒絕這份唯一屬於我們的珍貴權利……

思緒在我腦中輕輕敲擊，發出清晰的金屬聲響：如同一架神秘飛行器帶我飛向我最愛的抽象藍天。而我發現，在高空——在最純淨、稀薄的空氣之中，我的「有效權利」理論——發出輕微劈啪聲響，像輪胎一樣破裂了。我清楚知道，這是一種遺毒——是古人關於權利思想的荒唐偏見。

有些思想的材料如土，有些思想則由金子與我們珍貴的玻璃鑿刻而成，足以永世長存。若想檢驗思想的材料，只需在上頭滴一滴強酸即可。其中一種強酸即爲古人知曉的「歸結法」[1]，他們大概是這麼稱呼吧。可他們害怕這種有毒的溶液，寧願相信自己看見

1 此處應指「歸謬法」，拉丁文爲Reductio ad absurdum。是一種邏輯推理方式。首先假設某命題不成立（即在原命題的條件下，結論不成立），然後推理出明顯矛盾的結果，從而下結論表示原假設不成立，原命題得證。歸謬法不僅可推理出矛盾結果，也包括推理出不符事實的結果或顯然荒謬不可信的結果。作者在這裡玩了一個文字遊戲，將歸謬法的拉丁文改爲reductio ad finem，一方面暗示歷史文化的記憶斷層，另一方面也吻合主角的性格特質，主角本人信奉哲學與數學，認爲生活中的一切都是可以經過數學驗證的明確存在，並對所有荒謬事物嗤之以鼻。因finem有結束之意，故此處譯爲「歸結法」。

的是天堂（即便是泥土捏成的玩具），也不願承認那只是一團藍色的虛無。我們就不同了——感謝至恩主——我們是成年人，不需要任何玩具。

那麼，我們就用一滴「歸結法」來檢驗「權利」思想。即便是古人（當然是思想最成熟的人）都知道：權利的來源是——「力量」，權利也是力量的一種作用。於是，在天平的兩端：一端放置一克，也就是「我」（個人）；另一端放置一噸，也就是「我們」，聯眾國。這不是很清楚嗎？對於國家而言，假定「我」（個人）能夠擁有某些權利，即等同於假定克與噸的重量均等。由此可得出下列分配方式：權利屬於噸，義務歸於克。於是，從渺小到偉大的天然途徑便是：忘記你個人屬於一克，並記住自己屬於百萬分之一噸……

你們，也許是紅潤肥胖的金星人，也許是粗黑如鐵匠的天王星人——我在自己的藍色寂空中，聽見你們的喁喁怨言。可你們要明白：所有偉大事物本質上都是單純的；你們要了解：只有四則運算的規則是永恆不變的，唯有建立於四則運算之上的道德，才是偉大、永恆且不可動搖的亙古眞理。這是最高智慧，是金字塔的頂峰——是人類臉紅氣喘、汗流浹背，奮力攀登數個世紀的成果。而從這座高峰往下看，你們會發現，我們體內依然殘留著祖先的野性，如小小蛆蟲在內心底部蠕動爬行——而在這座高峰之上，諸如O的違法母性、殺人犯以及那個膽敢用詩歌抨擊聯眾國的瘋狂詩人等，都是同樣的罪愆，是以他們都會獲得相同的判決——死刑。這就是歷史之初，那些住在石頭房屋的人們，爲天眞爛漫的粉紅晨曦所照耀，並且憧憬的至高神聖審判：他們的「上帝」，同樣將誹謗神聖教會之舉，視作殺人罪行並加以嚴懲。

你們這些性格嚴肅，膚色黝黑的天王星人，像古代西班牙人一樣，聰明地想出了火刑——你們默不吭聲，但我認爲，你們贊同我的看法。不過，我也聽見，膚色粉嫩的金星人在談論著「拷問」、「死刑」、「回到野蠻時期」之類的話題。我親愛的金星朋友，我眞可憐你們——你們缺乏哲學與數學的思考能力。

人類的歷史如同一架飛行器，盤旋向上發展。這些圓圈各有不同——有些金亮璀璨、有些充滿血腥，可它們全都是三百六十度的圓圈。從零度到十度、二十度、兩百度、三百六十度——然後又回到零度。是的，我們又回歸零度。可是對於我，一個擁有數學思維的人而言，顯然這個零度是完全不同的嶄新事物。我們從零開始向右出發——又從左邊回到零度。因此，我們的位置不是原先的正零，而是負零，你們明白嗎？

正零度的位置在我看來，像是一座刀削斧鑿、巍峨陡峭的寂靜懸崖。在一片漆黑的狂風暴雨之中，我們屏住呼吸，從正零度懸崖的黑夜面啓航。幾個世紀以來，我們這些哥倫布持續在海上航行、漂蕩，我們環遊了整個世界，終於——禮炮響起——萬歲！我們全部爬上桅杆，出現在我們面前的是零度懸崖的另一側，迄今爲止無人知曉的另一側。聯眾國的極光照耀在這片淨土之上，漂浮的淡藍冰山，折射出七彩光芒，陽光無比耀眼——彷彿上百個太陽與無數彩虹同時湧現。

儘管我們與出發地——正零度懸崖的黑夜面僅隔著一層薄如刀刃的距離，可那又如何？刀——是人類所有發明之中，最堅固不朽的天才之作；刀——是斷頭刑具；刀——是斬斷所有問題的萬能工具。走在刀刃上如同踏上悖論之路——唯一名副其實的無畏思想之路……

筆記二十一

摘要：作者的責任感．冰塊膨脹．最艱鉅的愛

昨天是她該來的日子，可她又沒出現，只讓人送來一張語焉不詳的字條，上頭什麼也沒解釋。可我很平靜，非常平靜。儘管我仍完全按她所述，將她的粉紅票拿給管理員，然後放下窗簾，獨自一人坐在房間內——當然，我這麼做不是因爲我無力違逆她的要求，太可笑了，當然不是！而是單純因爲——窗簾能將我與具有膏藥療效的微笑分隔開來，如此我才能安靜地書寫這份筆記，這是首要原因。其次，我害怕遺失那把能夠開啓所有未知數的鑰匙（例如那個壁櫥、我的短暫假死之謎等），那柄唯一的鑰匙可能就在她——就在I身上。現在我認爲，身爲這本筆記的作者，我有義務揭開這些事物的眞相；更不用說，未知事物向來是人類之敵，所謂的智人[1]——唯有當人類的語法結構中完全沒有問號的蹤跡，僅餘驚嘆號、逗號與句號時，才能稱得上是完全意義的智人。

於是，在作者的責任感驅使之下，今天下午十六點，我搭上飛行器，再次前往古屋。強風迎面襲來，飛行器艱難地在空中航行，宛如穿越一座濃密森林，無數透明樹枝在旁邊拍擊、呼號。下方的城市彷彿全由藍色堅冰組成。忽然，一片雲層如斜影迅速籠罩整座城市，冰層變成鉛灰色，並且膨脹起來，好似春季時節，你在岸邊靜候這一幕發生：彷彿下一刻，冰層便會完全破裂、湧動，開始旋轉、飄離。然而，隨著時間一分分過去，冰層毫無動靜，你反而感覺自己在膨脹，心跳加速，難以平靜。（不過，我爲何要寫這些呢？這些古怪的感覺從何而來？畢竟我們的生活如同一塊極致透明、堅固的水晶玻璃，沒有一艘破冰船有能力摧毀它）

古屋入口處沒有半個人影。我在周圍繞了一圈，發現看門的老太太站在綠牆邊，手放在帽沿，看向天空。在綠牆上方，盤旋著一群飛鳥，牠們宛如尖銳的黑色三角形，嘎嘎叫著向下俯衝，以胸口猛烈撞擊堅固的通電圍牆——而後又飛回去，重新在綠牆上空盤旋。

我看見老太太那張滿布皺紋的灰暗臉孔迅速掠過幾道陰影，她飛快瞥了我一眼。

---

1 原文爲拉丁文homo sapiens。

「沒有、沒有，沒有任何人在這裡！眞的！所以沒必要過來，眞的……」

「沒必要」是什麼意思？而且，這是多麼奇怪的口吻，彷彿將我當成某個人的影子。事實上，或許，你們所有人才是我的影子。難道不是我把你們所有人都搬進這本筆記的紙頁之中？不久前這些紙張還只是四方型的空白荒漠。若是沒有我，那些在我引領之下，走在狹窄文字小徑之人，還有機會見到你們嗎？

當然，上述這些話我並未對她說，根據個人經驗我知道，最痛苦的事情莫過於在一個人的內心植入懷疑種子——並且這人活在三維現實，而非其他實相。因此我只是冷冷提醒她，她應該去開門，她便放我進入庭院。

院子空蕩蕩的，一派寂靜。牆外風聲赫赫，遙遠得如同那一日，我們肩並著肩，合二爲一，從地道走出來——假如這一切眞的發生過的話。我走在石砌的拱形建築下方，腳步聲迴盪在潮濕的拱頂間，又落到我身後——彷彿有人始終跟在我後面似的。黃色牆面泛著凹凸不平的紅褐疙瘩，透過如方形墨鏡般的漆黑窗戶觀察我，看我如何開啓一扇扇吱呀作響的倉庫大門，如何窺探每一處巷弄死角。圍牆設有一扇門，外頭是一片荒地——是偉大的兩百年戰爭遺跡：地面仍殘存著裸露石材和黃牙似的歪斜牆基，還有一座豎著煙囪的古代烤爐，宛如一艘船艦化石，永遠停泊在黃色與紅褐磚石的浪濤中。

我感覺自己曾經見過這些黃牙似的磚塊——我記不清，或許是在深水底部——我當即搜索起來。我不時跌入坑裡，或被石頭絆住，或有生鏽鐵條緊緊勾住我的制服，鹹澀汗水沿著額頭向下滑落，滴入我的眼睛……

到處都沒有！我怎麼也找不到當時從地道上來的出口——它不見了！不過，或許這樣更好，可能這一切都是我荒唐的夢境之一。

我疲憊不堪，渾身沾滿蜘蛛絲與灰塵——我打開圍牆小門，準備返回主院。忽然，身後傳來沙沙聲響和啪噠啪噠的腳步聲，出現在我面前的——是鼓如翅翼的粉紅招風耳和扭曲微笑，是S。

他微微瞇起眼睛，用鑽頭似的目光直直鑽入我心裡，並問道：「來散步嗎？」

我沉默不語，感覺雙手不受控制。

「那麼，您現在感覺好點了嗎？」

「是的，謝謝您。我覺得自己又恢復正常了。」

他放過我，抬眼看向上方。他的頭向後仰——我第一次注意到他的喉結。

在我們上方不遠處——約五十公尺高的距離——幾架飛行器嗡嗡飛過。透過緩慢的低空飛行和上頭垂掛的黑色長筒望遠鏡——我認出這些飛行器隸屬於保衛者。可他們通常只會派出兩到三架，今天卻多達十到十二架（可惜我只能提供一個概數）。

「為何今天有這麼多架飛行器？」我鼓起勇氣問道。

「為什麼?嗯……一個好醫生會趁病人還健康的時候便開始治療，而不是等到明天、後天甚至是一周後病人發病才做處理。要有預防措施，這樣才對!」

他朝我頷首，便啪噠啪噠踩著庭院的石板路離去。忽然，他轉頭對我說：「請小心!」

我又一個人了。周圍空蕩蕩的，悄無聲息。綠牆上空有一群鳥撲翅紛飛，風聲獵獵。他說這話有什麼用意?

飛行器迅速通過氣流，雲層陰影時濃時淡，下方是一片藍色穹頂，和一顆顆宛如冰塊的玻璃立方體——它們正逐漸轉為鉛灰色，膨脹起來。

晚上——

我打開手稿，針對即將到來的節日——偉大的團結日，想要記錄一些在我看來（對你們這些讀者）頗有益處的想法。然而我發現，現在我無法寫作。我總是聽見狂風的黑色翅翼拍打玻璃牆的聲音，我不停回頭張望、等待——等待什麼呢?我不知道。是以當熟悉的紅褐色魚鰓臉管理員出現在我房間時——坦白說，我還挺高興的。她坐下來，矜持地撫平雙膝間的制服皺褶，並立即送上微笑，將我身上的裂縫一片片黏合起來——我感覺自己變得無比牢固，心情愉悅。

「您知道，今天我一進教室（她在兒童教育工廠上班），就看到牆上貼著一幅漫畫。

眞的，我向您保證，他們把我畫得像條魚。或許，我眞的……」

「不、不，您別這麼想。」我趕忙說道（事實上，近距離看她的臉，顯然沒有半分肖似魚鰓。而我先前提及魚鰓臉——是非常不恰當的行爲）。

「是啊，這究竟不是什麼大事。可您也明白，問題在於行爲本身。我當然是請來了保衛者。我非常喜歡孩子，因此我認爲，最爲艱鉅與崇高的愛就是——嚴酷——您可以理解吧？」

當然囉！這點和我的想法頗有交集。我不禁把筆記第二十章的片段唸給她聽，就從這段開始：「思緒在我腦中輕輕敲擊，發出清晰的金屬聲響……」

我先前沒有注意，現在才發現，她紅褐色的臉頰頻頻發顫，朝我越靠越近，並將枯瘦、硬實到甚至有些扎人的手指放在我的掌心。

「給我——把這個給我！我要把這段錄下來，叫孩子們背誦。與其說是您的金星人需要這些思想，不如說是我們——今天、明天和後天的我們，都需要這些思想。」

接著她回頭望望，壓低聲音說：「您聽說了嗎？據說，在團結日會……」

我立刻跳了起來：「什麼——據說什麼？團結日那天會有什麼事？」

阻隔我的舒適圍牆已不復存。我瞬間感覺自己被拋到外頭，狂風在屋頂肆虐，斜移的烏雲越來越低……

U堅定地握住我的肩膀。儘管如此，我還是注意到，她的手指骨節頻頻發抖，與我的情緒產生共鳴。

「坐下來，親愛的，別著急。目前沒有什麼消息傳出來……然後，如果您有需要，當天我可以陪您，我會把學童交給其他人照顧，然後過來陪您——因爲您，親愛的，您也是個孩子，您需要……」

「不、不！」我擺擺手道：「千萬不要！這樣一來，您眞的會把我當成一個孩子——認爲我一個人不能……千萬別這麼做！」（我承認，當天我另有計畫。）

她面露微笑。這抹笑容的言外之意，顯然就是：「啊，多執拗的孩子啊！」隨後她坐下來，垂下眼睛，再次害羞地撫平雙膝間的制服皺褶，並開啓別的話題：「我想，我應該能下定決心……爲了您……不，我請求您，別催促我，我還需要考慮……」

我沒有催促她。儘管我明白，我該爲此感到高興，能爲別人的晚年帶來幸福，將是無上光榮……

當晚，我做了一整夜的夢，夢裡有許多翅膀，我以手抱頭，來回奔走，躲避這些翅膀。接著出現一張椅子。這椅子並非我們現在使用的造型，而是古代款式的木椅。我像馬匹一樣先後抬腿（右前腿——左後腿——左前腿——右後腿），椅子跑到我的床邊，爬了上來——我喜歡木椅，儘管坐起來會痛，並不舒服。

我覺得很奇怪，難道不能發明一種治療做夢這種疾病的方法，或者讓它變得理性——甚至有用一點嗎？

筆記二十二

摘要：凍結的波浪．日益精進．我是一個細菌

請想像你們站在海岸邊，波浪規律地向上翻湧；忽然間，湧起的波浪就此凍結、凝滯不動，就像我們按照時間表規定進行散步，卻驟然中斷，隊形亂成一團，這是多麼恐怖、異常的景象。我們的歷史曾記載過類似事件，最近一次發生在一百一十九年前：一顆隕石從天而降，伴隨著呼嘯聲與滾滾濃煙，恰好落在稠密的散步人群之中。

我們像往常一樣進行散步，意即，如同亞述雕塑[1]所刻劃的戰士般，上千個人頭搭配整齊劃一的步伐與統一擺動的雙臂在街上行進。大街盡頭的儲能塔發出恐怖嗚響，一個方形

1 亞述雕塑是指來自古代亞述國家的雕塑，其中包括亞述軍隊行進的浮雕。

隊伍朝我們迎面走來，衛兵包圍在前後左右，中間則是三名身穿制服的編號，胸前的金色號碼牌不見蹤影——所有人都明白是怎麼回事。

塔頂巨大的鐘面宛如一張臉，從雲端向下俯望，吐出一秒又一秒，冷漠地等待。在十三點零六分整時，方形隊伍騷動起來。他們離我很近，最微小的細節我都能看得明白眞切，我無比清晰地記得其中一人的細長頸項和他太陽穴上錯綜複雜的青筋紋路，好似河流蜿蜒於一幅小小的神秘地圖，而這神秘世界隸屬於一位青年。他可能認出我們隊伍中的一員，於是停了下來，踮起腳尖，伸長脖子。其中一名衛兵舉起電鞭啪地一聲抽向他，藍色火花四射。青年發出哀號，聲音如同小狗般尖細。接下來，幾乎每隔兩秒鐘便響起一記清脆的鞭笞聲與哀號聲，每抽一下便傳來一聲哀號。

我們如同先前那般，踏著齊整的亞述行軍步伐前進——我看著電流火花劃出的優美曲線，暗忖：「人類社會的發展日益精進，永不停歇——本就應該如此。古代的鞭子多醜陋啊，而我們的電鞭是如此美麗……」

就在這時，一名體型纖細、靈活矯健的女性編號從我們的隊伍中跑了出來，彷彿一顆螺帽脫離全速運轉的車輪。她高聲喊道：「夠了！別再打了！」並且直直衝進方形隊伍，此舉正如一百一十九年前那顆隕石一樣，打斷了常規散步，我們的隊伍凝結不動，彷彿被驟降嚴寒瞬間凍結的灰藍浪峰。

有那麼一瞬間，我和所有人一樣，將她視爲異己：她不再是編號，而是一個人類，她的存在只是一種形而上的物質，是對聯眾國的侮辱。但她做了一個動作——轉身之際，她的大腿向左傾斜——我忽然認出她來，我知道、我知道這如同枝條般柔韌的身軀——我的雙眼、雙唇與雙手都熟悉這副身軀——在那當下，我確信不已。

兩名衛兵衝過來攔截她。現在，如鏡面般晶亮的馬路成爲雙方軌道的交會點——她就快被抓住了……我的心咯噔一下，停止跳動——我無暇思索可或否、荒謬或合理——便朝交會點直奔而去。

我感覺到上千雙驚恐大張的眼睛直盯著我，對於從我體內鑽出來，擁有毛茸茸爪子的野人而言，此舉僅是帶來一絲絕望的喜悅，使他越跑越快。就差兩步之距，她突然回過頭來——

在我面前的是一張顫抖不已的臉孔，上頭覆滿雀斑，鑲著兩條紅色眉毛……不是她，不是I！

一股強烈的喜悅湧出，我想高喊：「就是她！」、「抓住她！」之類的話，可我只聽見自己喃喃低語。一隻手重重落在我肩頭，我被捕了，衛兵將我押走，我試圖向他們解釋：「請聽我說，你們應該明白，我以爲這是……」

可我該如何解釋發生在我身上的種種一切和筆記中描述的所有病徵？於是我喪氣不

語，乖乖跟他們走……好似一片樹葉，驟然被強風吹落，順從地向下飄零，沿途仍不停飛旋，試圖攀附每一根熟悉的樹枝、枝椏與樹瘤；我同樣朝每一個沉默的圓形頭顱、透明如冰的玻璃牆和儲能塔那刺入雲霄的藍色尖頂求救。

當這層嚴密帷幕即將把我和美麗的世界隔開之際，我看見不遠處有人揮舞形如翅翼的粉色手臂，一顆熟悉的碩大腦袋，沿著鏡面般的馬路滑行而來，一個熟悉的扁平嗓音響起：「我認爲，我有義務在此證明，編號D－503生病了——他無法控制自己的情感。我相信，他純粹是受到憤怒驅使……」

「是啊，是啊。」我附和道：「我甚至還有大喊：『抓住她！』」

身後傳來一個聲音：「您根本什麼都沒說。」

「沒錯，可我內心是這麼想的——我向至恩主發誓，我確實是這麼想的。」

灰色、冰冷的目光如同鑽頭般探入我身體，停留了一秒鐘的時間。我不曉得，他是否看出我說的是事實（幾乎是），又或者他懷有某種不可告人的目的，決定暫時放過我。不管怎樣，他還是寫了一張紙條，交給其中一名抓住我的衛兵——於是我重獲自由，或者，更確切地說，再度收編於嚴謹齊整、無窮無盡的亞述行軍行列之中。

方形隊伍和那張佈滿雀斑的臉孔、以及青筋紋路形似地圖的太陽穴——全部消失在街角，永遠地消失了。我們繼續行走——彷彿一具擁有百萬顆頭顱的身軀，而我們每個人心中——都湧出一股謙卑的喜悅，分子、原子與吞噬細胞[2]想必便以此維生。古代的基督徒——我們唯一的先驅（儘管極不完美）了解這一點：謙卑是種美德，驕傲則是罪惡；「我們」源自上帝，而「我」來自惡魔。

我同眾人一樣齊步前進，卻又與他們分隔開來。因為方才的騷亂，我渾身上下仍不停顫抖，彷彿古代火車轟隆隆駛過大橋般震顫不休。我感覺到自己的存在。可通常只有跑進髒污的眼睛、化膿的手指與齲齒才能感覺到自己的存在，意識到自我的獨特性；而健康的眼睛、手指與牙齒，似乎沒有這種意識。所以個人意識純粹是一種疾病——這不是顯而易見的事嗎？

或許，我不再屬於淡然平靜且專一致志地吞食細菌（如青筋浮凸的太陽穴與雀斑臉細菌）的吞噬細胞了，可能我本身就是一個細菌，又或許——我們之中早已滋生了上千個細菌，只是都像我一樣，假裝是吞噬細胞……

今日這起事件其實無足輕重——可如果這一切只是個開端，只是第一顆隕石，後續還有一連串炙熱燃燒、轟轟烈烈的隕石雨，永無止盡地落向我們的玻璃天堂呢？

2 吞噬細胞為一種防衛細胞，透過吞噬細菌、壞死細胞和凋亡細胞等有害物質來保衛有機體。一八八二年，俄國動物學家伊利亞・伊里奇・梅契尼可夫（Илья Ильич Мечников, 1845-1916）首度發現吞噬細胞的存在，並於一九〇八年獲得諾貝爾生醫獎。

筆記二十三

摘要：
花朵．結晶溶解．只要

據說，有些花朵百年才會開一次，爲何沒有千年或萬年一開的花呢？或許，我們至今無從得知的原因，正是因爲今日就是那千年一次的花期。

我滿心歡喜、暈陶陶地下樓去找管理員。放眼所及之處，千年花蕾迅速且悄無聲息地在周遭綻放：扶手椅、鞋子、金色號碼牌、電燈泡、睫毛濃密的黑眸、雕花欄杆、遺落在階梯上的手帕、管理員的小桌子和U那布滿斑點的淺褐雙頰。每個花朵皆是如此特別，新鮮、嬌弱、粉嫩、潤澤。

U接過我的粉紅票。從她頭頂上方的玻璃牆望出去，一輪芬芳藍月垂掛在無形的樹枝上。我得意洋洋地指向月亮，說：「月亮——您看見了嗎？」

U瞥了我一眼，再看看票根上的號碼——接著又做出她那熟悉且純潔可愛的動作：撫平雙膝間的制服皺褶。

「親愛的，您看起來有點反常，像是生病了——反常和疾病都是同樣的問題。您正在自我毀滅，沒有人提醒您這一點，沒有人！」

這句「沒有人」對應的自然是票根上的編號：I－330。親愛的、美好的U！當然了，您說得對：我缺乏理智——我病了，我有一個靈魂，我是一個細菌。可開花難道不是一種疾病嗎？花蕾綻放時，難道就不痛嗎？而且，您不覺得精子是所有細菌中最可怕的一種嗎？

我上樓回到自己的房間。I就坐在寬大的扶手椅花萼中。我坐在地板上，摟住她的雙腿，將頭靠在她的膝上，兩人默默無語。房中一片靜謐，只聞脈搏跳動……我像一塊結晶，在她——在I的體內溶解。我無比清楚地感覺到，將我限制於空間中的光滑稜面是如何慢慢地溶解、化開——我逐漸消失，消溶在她的雙膝和體內，我越變越小——同時也越來越遼闊巨大、浩瀚無垠。因爲她不是I，而是宇宙。在這一刹那，我與床邊這張盈滿喜悅的扶手椅融爲一體，還有古屋大門口那位面露微笑的莊嚴老太太、綠牆外的野生叢林、黑色瓦礫堆泛起的點點銀光（彷彿瞌睡的老太太）和遠處一扇發出砰然巨響的門——這所有的一切都融於我的身體，與我同在，一起聆聽我的脈搏鼓動，飛越這幸福洋溢的一瞬間……

我胡言亂語、喋喋不休地試著告訴她：我是一塊結晶，因此我體內有一扇門，因此我感覺到扶手椅有多麼幸福……可這些言辭是如此荒誕無稽，於是我又停頓不語，並且感到羞愧不已：我怎會忽然……

「親愛的I，請原諒我！我自己也不明白，怎會說出這種蠢話……」

「你為何認為愚蠢是件壞事呢？假如千百年來，人類的愚蠢同智慧一樣獲得精心培育和教化，或許，我們也能從中獲取彌足珍貴的東西。」

「是啊……」（我認為她說的對——此時此刻，她如何會有錯呢？）

「因為你的蠢話和昨天散步時的舉動——我變得更加、更加愛你了。」

「可妳為何要這麼折磨我呢？妳為什麼不來？為什麼只送來妳的粉紅票，還要求我……」

「喔，或許是因為我必須考驗你？或者說，我必須確定你會完全照我的意思去做——你已經完全屬於我？」

「是的，我完全屬於妳！」

她捧住我的臉，抬起我的頭——我整個人都在她的掌心之中。

「是嗎？您所謂的『每位誠實編號的義務』呢？嗯？」

I揚起微笑，露出甜蜜而尖銳的潔白牙齒。她坐在寬大的扶手椅花萼中，好像一隻蜜蜂，體內同時藏著螫刺與甜蜜。

是啊，義務……我在腦中翻閱最近寫的幾篇筆記，確實沒有一篇提到義務，我甚至都沒想起這件事，實際上，我應該要……

我沉默不答，只是帶著癡迷的笑容（模樣想必十分愚蠢），凝視她的瞳孔，在她的雙瞳之間逡巡，並從中看見自己的倒影：縮到只有一公釐，無比渺小的我，囚禁在小小的虹膜牢獄中——接著又是——蜜蜂——雙唇——花朵綻放的甜蜜痛楚……

我們每個編號身上都有一個隱形的計時器在無聲跳動，我們無需看鐘錶，便能準確知道時間（誤差不超過五分鐘）。然而此刻，我的計時器停了，我不曉得究竟過了多少時間，驚慌地從枕頭底下抽出兼具手錶功能的號碼牌……

感謝至恩主，還有二十分鐘！可這時間短得可笑，又跑得飛快，而我有那麼多話想對她傾訴——我要向她吐露自己的種種一切：關於O的來信和我在她體內留下孩子的恐怖夜晚；莫名地，我還想談談我的童年——關於數學老師啪啦啪、負1開根號和我第一次參加團結日的事情：我哭得十分傷心，因爲在那樣重大的節日，我的制服竟沾染了一團墨跡。

I支起手臂撐著頭。她的嘴角延伸出兩道清晰長線，與高高挑起的黑色眉梢，形成一道十字紋路。

「或許在那天……」她止住話語，黑眉緊蹙，拉起我的手，緊緊握住，說：「告訴我，你不會忘記我，你會永遠記住我是嗎？」

「妳爲什麼這麼說？這是什麼意思？I，親愛的？」

I沒有回答，她的視線並未落在我身上，而是穿透我，投向遠方。忽然間，我聽見狂風以巨大翅翼拍擊玻璃牆的聲音（當然，這聲響一直存在，可我直到現在才察覺），不知爲何，我又想起盤旋在綠牆上空，發出刺耳叫聲的飛鳥。

I搖搖頭，彷彿要把什麼東西從腦中甩出去。接著，她再次將整個身軀貼上我，下一秒又離開——彷彿飛行器觸及地面時先短瞬回彈，才完全著陸。

「好了，把絲襪給我，快點！」

她的絲襪扔在我桌上，正好落在攤開的筆記（第一百九十三頁）上。我倉促間掃到筆記，紙張散落一地，怎麼也無法按原本的次序排列，最重要的是——即便排列整齊，也不會恢復眞正的秩序了——無論如何，都會有陷阱、阻礙與未知數X的存在。

「我受不了了。」我說：「妳——人就在這裡、在我身邊，卻彷彿依然隔著一道不透明的古牆。我聽見牆後傳來窸窣聲與說話聲——卻聽不清內容，也不知道牆後是什麼。我無法再這樣下去了。妳始終有事情瞞著我，妳從來沒告訴我，那天我在古屋究竟掉到了什麼地方？那些通道通向何處？爲何醫生也在那裡？或者，這一切可能從來就沒發生過？」

I用手按住我的肩膀，緩緩且深深地看進我眼底。
「你想知道一切？」
「是的，我想，我必須知道這一切。」
「你敢跟著我到任何地方嗎？無論我帶你去哪裡——永不回頭？」
「是的，去哪裡都可以！」
「好，我答應你，等節日過後，只要……啊，對了，您的『積分號』進度如何？我老是忘了問——快造好了吧？」
「不對，『只要』什麼？妳又來了，妳說的『只要』是什麼意思？」
她已經走到門口。
「到時你就知道了……」
又剩我一個人。她留下的僅有一縷淡淡幽香，彷彿綠牆外飄來的某種甜蜜乾燥的黃色花粉。還有無數問號如鉤子般牢牢嵌在我腦中——形狀好似古人用來釣魚的魚鉤（在史前博物館展示）……
她爲何忽然問起「積分號」？

筆記二十四

摘要：
函數極限[1]．復活節．全部刪掉

我如同一台高速運轉的機器，軸承[2]過熱——再過一分鐘，熔化的金屬便會滴落下來，整台機器化爲烏有。快呀——撒此代表邏輯的冷水。我一桶接一桶地灌水，可邏輯澆在滾燙的軸承上發出滋滋聲響，化作縹緲的白色蒸汽，散逸在空氣中。

唔，是的，當然，爲了確立一個函數的眞正意義——必須取其極限值。顯然，昨日那

1 函數極限是微積分的一個基本概念，描述函數趨近某一給定自變量時的特徵。函數f於α的極限爲L，直觀上意爲當x無限接近α時，f（x）便無限接近L。

2 承托轉軸的機件，在機械中起到支撐旋轉體的作用，可降低摩擦，提高傳動效率並延長機械的使用壽命，台灣俗稱培林（bearing）。

段「消融於宇宙」的荒謬經驗，其極限值就是死亡，因爲死亡正是自我在宇宙中的徹底消融。由此可知，假如我們用L表示愛情，用C表示死亡[3]，那麼 L＝f（C），意即死亡的函數無限趨近於愛情。

是的，沒錯，正是如此。這便是我之所以害怕I，不停抗拒她的原由，我不願……可爲何我腦中同時並存「我不願」和「我願意」的念頭呢？這就是恐怖之處，我渴望再次體驗昨晚的幸福死亡，即便現在我已推算出邏輯函數，並且清楚知道其中藏有死亡，可我依然渴望她，我的唇、我的手、我的胸膛，全身每一寸都在渴求她……

明天是團結日。她當然也會出席，可我只能從遠處觀望她。遙遙相隔——這會使我痛苦不已，因爲我必須靠近她，我不可抗拒地被她吸引，她的手、她的肩、她的髮……我甚至渴望起這份痛苦——讓它來吧。

偉大的至恩主！這是多麼荒謬啊——我竟然渴望痛苦。誰不知道痛苦是種負面數值，加在一起會削弱我們所謂幸福的總和。是以……根本沒什麼「是以」，只有茫然與空虛。

晚上——

3 「愛情」的俄文爲любовь，「死亡」的俄文爲смерть，故此處作者分別取兩個單字的第一個字母作爲符號。

透過房屋的玻璃牆——我看見流風吹襲、熱烈如火、驚心動魄的粉色晚霞。我將椅子轉過來，不去看眼前那片粉霞，然後翻開筆記，發現——我又忘了，我寫這些筆記不是爲了自己，而是爲了你們，不知名的讀者啊，我對你們又愛又憐，因爲你們遙遙落後數個世紀，仍在底層蹣跚前行。

那麼，我要談談關於團結日，這個偉大的節日。我從小就喜愛這個節日。我認爲，這個節日之於我們的意義，有點像「復活節」對古人的意義。我記得過往，在節日前夕，我會爲自己製作一份時程表——每過一小時，便懷著喜悅的心情劃去一小時：這表示我離節日又近了一小時，且少了一小時的等待。別懷疑，假如沒人發現——老實說，我現在也會隨身攜帶這份時程表，時時關注距離明天還剩多少小時，屆時我就能看到——儘管得隔著一段距離……

（寫作被打斷了：裁縫店剛送來一套新制服。按照慣例，我們所有人都會在節日前一天收到新制服。走廊上滿是腳步聲、歡呼聲，喧譁不休。）

我繼續寫作。明天我將看到年年重複的盛大典禮，可每次都教人耳目一新、激動不已：眾人虔誠地高舉手臂，形成宏偉巨大的團結之盃。明天是一年一度的至恩主選舉日，我們會再次託付予至恩主我們那堅不可摧的幸福堡壘之鑰。

當然，我們的選舉可不像古人那般毫無秩序章法——說來可笑，古時的選舉結果甚至完全不可預測。憑藉無法預測的偶然，盲目地建立一個國家——還有比這更愚蠢的行為嗎？然而，人類竟花了好幾世紀才明白這一點。

不消說，我們在選舉這件事上，正如同其它所有事物一樣——不存在任何偶然，也不可能出現任何意料之外的結果。而選舉本身也是一種象徵意義：旨在提醒眾人，我們是統一、強大，且由百萬個細胞組成的有機體，我們——套用古代《福音書》的話——是統一的教會。因為在聯眾國的歷史上，在這盛大的節日裡，從未發生任何事故，無人敢出聲破壞這場莊嚴宏偉的齊唱——連一絲雜音也無。

據說，古人以某種秘密方式進行選舉，如小偷般遮遮掩掩；我們有部分歷史學家甚至主張，古人出席選舉活動時，會經過一番精心偽裝。（我腦中勾勒出一幅陰森古怪的場景：黑夜。廣場。一群身穿黑色斗篷的人影悄悄沿著牆壁前進；火炬上的血紅火焰被風吹得忽明忽滅……）為何需要這樣偷偷摸摸的呢？至今尚未有明確定論。很可能是選舉本身和某些神秘、迷信，甚至是犯罪儀式有所關連。我們就沒有任何需要隱藏或感到羞恥的地方：我們在光天化日之下，誠實且公開地慶祝選舉。我看見所有人都將票投給至恩主，所有人也都看見我投給至恩主——難不成還有其他可能嗎？因為「眾人」和「我」加在一起，就是完整的「我們」。和古人偷偷摸摸又畏畏縮縮的「秘密」形式相比，我們的選舉是多麼高尚、誠實且高貴，連後續的處理方式也更為合理妥貼。即便我們認為不可能發生的事，意即在正常的單聲部齊唱中響起一道不協和音程[4]，也還有隱形的保衛者存在，他們就在這裡，在我們的隊伍之中：他們能夠立即查明哪些編號誤入歧途，拯救他們免於進一步犯錯，也拯救聯眾國免於他們的傷害。最後，還有一點……

從左側玻璃牆望出去，只見一個女性編號站在鑲著鏡子的衣櫃門前，匆匆解開制服鈕扣，有一秒鐘的時間，我隱約看見她的眼眸、唇瓣和一雙尖聳的粉眉。隨後對方放下窗簾，霎時，我腦中又浮現昨日的所有場景，我不曉得「還有一點」是什麼，我也不想知道，完全不想！我想要的只有I。我希望她時時刻刻都和我在一起——只和我在一起。我現在所寫的關於團結日的事情，全部都是廢話，我想將這些筆記全部刪掉、撕碎、丟掉。因為我知道（儘管這種想法是種褻瀆之舉，可事實就是如此）：唯有和她在一起，唯有她在我身邊，同我肩並肩時——才是真正的喜慶節日。沒有她——明日的太陽僅是一輪鐵圈，天空則是一塊塗成藍色的鐵片，而我自己……

我抓起話筒：「I，是您嗎？」

「是我，您怎麼這麼晚還打來？」

---

4 在樂理中，協和與不協和乃是根據音程或和弦的悅耳程度進行分類與描述的方式，協和音程通常令人感覺愉悅、舒服、放鬆，而不協和音程聽起來較不和諧，令人感覺刺耳、緊張、不愉快。

「或許還不晚。我想請您……我希望明天您能和我待在一起，親愛的……」

我以極輕的聲音說出「親愛的」這三個字。不知爲何，腦中忽然閃過今天上午在裝配廠發生的事：眾人開玩笑地將一隻手錶放在百噸重的落錘下方——氣動錘重重落下，一股氣流拂過我臉頰——上百噸的重量輕輕柔柔地碰觸到脆弱的手錶。

雙方停頓不語。我依稀聽見電話那端——從I的房間傳來低語聲。隨後她開口道：

「不，我不能這麼做。畢竟您也知道，我本身……不行，我不能這麼做。爲什麼？明天您就知道了……」

筆記二十五

摘要：

從天而降．史上最大災難．已知的終結

典禮開始前，全體肅立，聯眾國國歌宛如一席帷幕，莊嚴徐緩地在我們頭頂輕輕飄揚——音樂鐘塔的上百根銅管連同百萬人的歌聲齊鳴——有一瞬間，我忘記所有的一切，忘了I提及的，關於今日慶典的警示，就連她的存在，似乎也忘得一乾二淨。此刻，我又變回那個小男孩，在節日當天，爲了制服上一個只有自己能發現的小小污點而哭泣。即便周遭的人都看不見我身上那塊無法抹滅的黑色污點，可我知道，自己是個罪犯，沒有資格處在這片坦蕩磊落的人群之中。啊，如果此刻我能夠站起來，哽咽著高聲自白，招認一切就好了。儘管此舉將爲我帶來終結——那也無妨！至少有一瞬間，我能感覺自己如同這片純潔的藍天般純淨無邪。

眾人舉目向上：清晨的藍天潔淨無瑕，尚未乾涸的夜晚淚珠仍殘留其中——一個難以察覺的小小黑點出現了，時而幽暗、時而發光。是祂——新一代的耶和華搭乘飛行器從天而降，與古代的耶和華一樣睿智賢明，集仁慈與嚴酷於一體。祂逐漸接近，百萬顆心也向上飛揚迎接祂的到來——現在祂看到我們了。我想像自己與祂一齊俯瞰下方：一圈圈的同心圓看台，布滿藍色制服組成的點點虛線——好似一團鑲有無數微型太陽（我們閃亮的名牌）的蜘蛛網；而在蛛網中央，一隻睿智的雪白蜘蛛即將入座——那是身著白袍的至恩主，英明地將我們的手腳束縛於恩澤的幸福之網。

此際，祂偉大的天降儀式已經完成，銅管演奏的國歌也沉寂下來，眾人就座——而我立刻意識到：這確實是一張精細至極的蜘蛛網，它緊繃、發顫，彷彿下一瞬就要斷裂，某個意想不到的事情即將發生……

我微微欠身，環顧四周——發現許多親切的雙眼懷著警戒目光，飛快掃過一張又一張面孔。其中一人抬起手，微不可察地動動手指，向另一人示意。而後者同樣動動手指回應，還有……我明白了，他們是保衛者。我知道他們警惕不安，因爲蛛網過於緊繃、顫抖。而我的大腦好似調整到相同波長的無線電——也在回應這份顫動。

一名詩人在高台上朗讀競選頌詩，可我一個字也沒聽進去，只聽見一個鐘擺按照六音步揚抑抑格[1]的規律擺動，而伴隨每一次擺盪，那特定的時刻便逼近一分。我帶著狂熱的視線瀏覽一排排群眾——彷彿翻書一樣掃過一張又一張面孔——可依然沒有看見我想找到的那個人，我必須盡快找到她，因爲鐘擺滴答直響，隨後就要——

他——是他，當然了。下方，在高台附近，一對鼓如翅翼的粉紅招風耳疾速掠過閃閃發亮的玻璃，映射出一道上下佝僂、形如字母S的黑色奔跑人影——他朝著看台間的複雜通道奔去。

S，I——存在某種聯繫（我始終感覺他們之間有條線索相連；儘管我尚未知曉是什麼線索——可遲早我會弄清楚）。我雙眼緊盯住他不放，他像一團毛線球般越滾越遠，身後還拖著一條線。這時，他停了下來，那是……

我彷彿被閃電的高壓電流擊中，刺穿身體，扭成一團結。在我們這一排，離我四十度角處，S停下腳步，俯下身來。我看見I，而在她旁邊的是——咧著醜陋厚唇、露出得意微笑的R－13。

1 六音步揚抑抑格，即每一詩行有六個音步（俄文原文爲гекзаметр，英文爲hexameter），音步類型以揚抑抑格爲主（dactyl），即一個重讀音節跟兩個輕讀音節組成的韻律，又可譯爲六音步長短短格，此韻律最早見於古希臘、拉丁語詩歌，常見於史詩體裁，如《荷馬史詩》。這種音步可增強詩句的說服力和感染力，表現激越的情緒和節奏感，適合說理性強的詩歌。

我第一個念頭是衝過去大聲質問她：「爲什麼妳今天和他一起出席？爲何妳不願跟我一起？」然而無形的恩澤蛛網緊緊纏住我的手腳，我只能咬牙切齒，臉色鐵青地坐在原地，死死盯著他們。此刻書寫的我，仍能感受到這股椎心劇痛，記得當時我心想：「假如非生理因素能夠導致生理上的痛苦，那麼顯然——」

可惜，我並未歸納出什麼結論，只記得——腦中閃過某些關於「靈魂」的隻字片語、一句毫無意義的古代諺語：「魂不附體」。六音步頌詩念罷，我屏息不動。即將開始了……「只要」什麼呢？

按照規定，選前一般會有五分鐘的休息時間。這段時間照例在靜默中度過。然而，此刻的沉默並非過往那種虔誠、祈禱似的寧靜氛圍，反而像是未經馴化的古代天空，當時沒有我們的儲能塔，天空不時會有「風暴」肆虐。此際的靜默，有如古時那種「暴風雨前的寧靜」。

空氣彷彿由透明的鋼鐵凝結而成，必須張大嘴才能呼吸。我繃緊耳朵（到疼痛的地步）收錄周圍的聲音：身後某處傳來惶惶不安的低語，好似老鼠齧咬。我始終垂眸望向前面那兩人——I與R——他們肩並肩坐在一起，而我擱在膝上，那雙有如異類、可憎的毛茸茸手掌顫抖不已……

眾人手中握著附有時鐘的名牌。一分鐘、兩分鐘、三分鐘……五分鐘到了……從高台處緩緩響起一道低沉嗓音：「贊成的人——請舉手。」

如果我能像以前一樣，直視他的雙眼——直率而忠誠地高喊：「我把一切都獻給您！全部！請接受我吧！」可如今我不敢。我用盡力氣——全身關節彷彿都生鏽了——勉強舉起手來。

百萬隻手舉起，發出沙沙聲響。有人低低叫出「啊」的一聲。我感覺有什麼事要發生了，內心急劇下沉，可我不知道是什麼事情，也沒有勇氣——我不敢抬頭看……

「有誰反對？」

這一刻素來是典禮中最爲莊嚴的時刻：全體繼續靜坐，歡喜地低垂著頭，承接編號之首賜予的恩澤枷鎖。可這一次，我再度驚恐地聽見沙沙聲，聲音輕柔至極，宛如一聲嘆息——卻比先前銅管演奏的國歌還要清晰可聞，彷彿一個人臨終前吐出的最後一口氣——而周遭的人全都白了臉，額頭直冒冷汗。

我抬起眼睛——看見……

在這百分之一秒的微毫瞬息，我看見上千隻手高舉向天——表示「反對」——旋即又放下。我看見I那浮現十字架紋路的蒼白臉孔和她高舉的手。我眼前一片漆黑。

下一瞬息，全場短暫停頓，一片死寂，只有脈搏聲隱約可聞。緊接著，眾人彷彿收到某個瘋狂指揮的示意——所有看台瞬間爆發出尖叫和騷亂聲響，無數制服如旋風襲捲般飛奔起來，保衛者慌亂失常地四處亂竄；無數鞋跟在我眼前晃動，旁邊有人張大了嘴，拚命尖叫卻發不出聲音。不知爲何，相較其他畫面，這一幕深深刻印在我腦海中：上千張嘴同時無聲吶喊——宛若一部恐怖電影。

而，就像放映電影般——在下方遠處，有一秒鐘的時間，我看見O毫無血色的雙唇：她緊貼著走道牆壁，站在那裡雙手交叉護住腹部。很快她就不見蹤影——或許是被人潮捲走，又或許是我忘了她的存在，因爲……

這一切不再只是銀幕上的畫面——而是發生在我腦中、在我緊縮的心臟和頻頻跳動的太陽穴裡。在我頭頂左側，R－13忽然躍上看台長椅——他滿面通紅、口沫四濺、形色瘋狂。他手裡抱著I——她面色慘白，制服從肩膀撕裂到胸口，白皙的肌膚染滿鮮血。她緊緊摟住他的脖子，他則邁開大步，從一張長椅跳到另一張長椅——好似一隻大猩猩，面目醜惡卻身手矯捷——帶著她向上奔逃。

彷彿置身古代火災現場——我眼前一片通紅——腦中只有一個念頭：跳上去，抓住他們。如今我也無法解釋，那股力量從何而來，可我當時就像個破城槌，一路衝撞人群——踩著他們的肩頭，跳過一張張長椅——很快就趕上他們，我一把揪住R的衣領，大喊：「你敢！你竟敢！我說，現在就把她放下！」（幸好，沒人聽見我在喊什麼——大家都在尖叫、狂奔。）

「是誰?怎麼回事?爲什麼……」R轉過頭來，飛沫四濺的嘴唇瑟瑟發抖——他想必是認爲，自己被保衛者逮住了。

「爲什麼?——我不願意，我不允許!把她放下!現在就放下!」

可他只是憤怒地鼓動雙唇，搖搖頭又繼續向前跑。這時我——我實在羞於寫下這些，可我認爲自己必須記錄下來，好讓你們，我不知名的讀者，能徹底了解我的病史——這時，我用力揮拳擊向他的腦袋。你們明白嗎?我揍了他!我記得清清楚楚。我還記得那股得到宣洩的快感，這一拳使我渾身上下輕盈無比。

I迅速溜出他的懷抱。

「快走!」她對R大叫：「您看不出來嗎?他……快走!R，快走!」

R齜露出雪白的黑人牙齒，朝我臉孔噴吐幾個字，隨即鑽進下方人群，不見蹤影。而我抱起I，緊緊摟住她，帶她離開。

我的心臟劇烈跳動——它變得無比巨大，每一次跳動都在體內掀起一股熾熱、洶湧的喜悅浪潮。就算下方的世界支離破碎也無所謂!只要能像這樣一直抱著她、抱著她、抱著她……

晚上二十二點——

我幾乎握不住筆：今天早上經歷了諸多令人暈頭轉向的事件，我感到無比疲憊。聯眾國那護佑我們的永恆高牆莫非眞的要坍塌了?難道我們又要變得無家可歸,倒退至遠古祖先那種野蠻的自由狀態?至恩主是否已不復存?反對票……在團結日——投反對票?我爲他們感到羞恥、痛心與惶恐。不過,「他們」到底是誰?我又是誰?「他們」抑或「我們」——我眞的清楚嗎?

她坐在曬得發燙的玻璃長椅上——就在看台的最頂端,我把她抱上去的。她的右肩和下方那抹難以計算的美妙圓弧——都是赤裸的,上頭有一絲極細的蜿蜒血痕。她彷彿沒有注意到血跡與裸露的胸脯……不,應該這麼說:她注意到了——可這正是她當下所需的效果,假如她的制服完整緊扣——她也會親手扯開,她……

「明天……」她咬緊牙關,透過閃亮的尖利齒縫猛烈喘息。「明天不知道會發生什麼事。你明白嗎?連我也不知道、沒有人會知道——明天是未知數!你明白嗎?所有已知事物都已終結,我們面臨前所未有、難以想像的嶄新未來。」

下方依舊人海翻騰,奔跑、喊叫不休。可這一切顯得相當遙遠,且越來越遠,因爲她正望著我,用她那對金黃色的瞳孔小窗緩緩將我吸入其中。我們就這麼無聲地對視許久。不知爲何,我想起以前曾有一次,透過綠牆看見一對神祕的黃色眼珠,綠牆上方還有一群飛鳥盤旋。(或者鳥是另外一次看到的?)

「聽著,假如明天沒有發生什麼事,沒有任何特殊情況——我會帶你過去——你明白嗎？」

不，我不明白。可我默默點頭。我——溶解了，我是無窮小量，我是一個點……歸根究柢——這個點的型態有其邏輯存在（適用於今日的邏輯）：點蘊含有最多的未知數，只要稍微挪移變動，就能形成上千條不同的曲線和上百種不同的幾何體。

我害怕變動：若然如此，我會變成什麼呢？我認爲所有人都和我一樣，連最微小的變動，都感到恐懼不已。正如我在書寫筆記的當下，眾人皆正襟危坐地躲在自己的玻璃牢籠中，靜待事態變化。平日這個時候，走廊通常會傳來電梯的運行聲、人們的笑聲和腳步聲，如今不聞半點聲響。偶爾我會看見，有兩個人左顧右盼，躡手躡腳穿過走廊，相互竊竊私語……

明天會發生什麼事？明天我會變成什麼樣？

筆記二十六

摘要：
世界依然存在·皮疹·攝氏四十一度

清晨，透過天花板望出去——天空一如既往，厚實、完整、盈滿紅霞。我心忖——假如我看見頭頂冒出奇特的方形太陽、人們身著五顏六色的獸皮、牆壁變成不透明的石牆——我可能還不會那麼吃驚。所以說，世界——我們的世界——依然存在？又或者這一切只是慣性使然，就像一台已經關閉的發電機，齒輪仍在喀喀轉動——轉了第二圈、第三圈——直到第四圈才完全停止……

你是否經歷過這種奇特狀態？在夜裡醒來，睜開眼睛，發現眼前一片黑暗——你忽然失去了方向感，於是趕緊摸索四周，尋找一個熟悉、堅固的物體——例如牆壁、檯燈、椅子之類的。

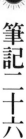

我正是以這種方式摸索，在《聯眾國報》搜尋資訊——快點、快點——終於，我找到了：

眾人期待已久的團結日慶典於昨日舉行。屢次證明其堅毅智慧的至恩主，再度獲得全體一致推舉，第四十八次當選領導人。然而慶典因為一些小小騷亂而蒙上陰影。這起騷亂乃是由反對幸福的敵人所引起，這群人自然喪失成為聯眾國新任政權基石的權利。眾人皆知，若將這些不法分子的投票納入計算著實可笑，宛如將音樂廳中幾名生病觀眾發出的零星咳嗽聲，視同宏偉的英雄交響曲的部份音符般荒謬無稽……

喔，英明的至恩主啊！儘管發生了昨日的事件，我們終歸還是獲救了嗎？不過，說句實在話，有誰能對這番透徹明晰的三段論法[1]提出異議？

下面還有兩行：

1 三段論法，又名三段論證（Syllogismus），為古希臘哲學家亞里斯多德所創的推理論證法，是一種邏輯論證（argument）。由三個命題所組成：大前提、小前提、結論，也就是運用「演繹推理」從被認定的事證，得到「全然不同」但「必然」的結論。最經典的三段論範例如下：所有人都會死（大前提）——蘇格拉底是人（小前提）——蘇格拉底會死（結論）。

今天中午十二點，行政部、衛生部和保衛部將共同召開聯合會議。預計近日將會發布一項重要的國家法令。

沒事，聯眾國的城牆依舊屹立不倒——它們就在這裡——我能碰觸到。而我內在那股不知自己置身何處、古怪的迷失感也消失無蹤，當我看見藍天和圓形的太陽也不再感到驚訝；所有人——一如往常——出門上班。

我走在大街上，步伐格外堅定、洪亮——我感覺所有人都和我一樣，邁著堅定的步伐行進。可當我走到十字路口的轉角處，我發現眾人都奇怪地繞過轉角處那棟建築——彷彿牆上有水管破裂，冰冷的水噴濺而出，導致人行道無法通行。

又走了五步、十步——我同樣感覺被冷水澆淋，顫巍巍地避開人行道……在那棟建築物的牆上，約莫兩公尺高的地方，貼著一張紙，上頭用毒藥似的綠色墨水寫了兩個含意不明的大字：「梅菲」[2]。

下方有個S型的佝僂背影，那對顯眼的招風耳，不知是因為憤怒或者不安，正微微顫

2 歌德名著《浮士德》的魔鬼梅菲斯特的名字簡稱。

動。他右手高舉，左手無力地向後垂——彷彿受傷的斷翅。他不停向上跳，想要撕下那張紙——卻怎麼也構不到，總是差了一截。

每個經過的行人大約都抱持同樣的想法：「假如我上前幫忙，他會不會以爲我是反對者的其中一員，我是出於心虛，所以才想……」

我承認：我內心也是這麼想的。不過，我想起他曾數次擔任我的守護天使、多次拯救我——於是我大膽地走過去，伸手撕下那張紙。

S轉過身來，迅速以視線鑽探我內心，直達最底部，好似在那裡發現了什麼。然後他挑挑左眉，朝原本貼著「梅菲」的牆面使了個眼色，又對我閃現一絲微笑——令我吃驚的是，他的笑容甚至帶有幾分喜悅。不過，這也沒什麼好訝異的。與其面對潛伏期間使人心焦、緩慢上升的體溫，醫生寧願病患出疹、高燒至四十度：如此一來，起碼能夠清楚判斷病症。

今日出現在牆上的「梅菲」便屬於皮疹。我理解他那抹微笑的含意了……（我必須承認，直到多日以後，歷經種種意想不到的古怪事件，我才發現這抹微笑的眞正含意。）

我走進地鐵——腳下纖塵不染的玻璃台階又出現一張寫著「梅菲」的白紙。而在牆壁下方、長椅和車廂的鏡子上（看起來是匆匆貼上去的——顯得有點歪斜、草率）——處處可見這塊恐怖的白色皮疹。

在一片死寂中，車輪的軋軋聲清晰無比，彷彿血液燃燒的聲響。有人肩膀被碰了一下——他嚇得跳起來，手裡拿的一捲紙滑落地上；我左邊坐著另一個人——他在看報紙，一次又一次地反覆緊盯同一行字，報紙還微微顫動。無論車輪、手掌、報紙或睫毛——我處處都能感應到脈搏律動，而且越跳越快。或許，今天當我和I一起到達那個地方時，我的體溫將如同溫度計的黑線持續攀升——三十九度、四十度、四十一度……

裝配廠同樣是一片寂靜，只聽見遠方傳來推進器發動的嗡嗡聲響。機床默然佇立，臉色陰沉；唯獨起重機躡手躡腳、近乎無聲地滑動、俯身，用鉗爪抓起一塊塊淡藍色的冷凍氣體，裝進「積分號」側邊的燃料室：我們已經在爲試飛進行準備。

「那麼，我們有辦法在一週內裝載完畢嗎？」

我問副工程師。他的臉龐如同瓷盤，上頭繪著甜蜜、柔和的淡藍和淡粉色花朵（他的眼睛、嘴唇），可今日這些花朵好似經過沖刷，顯得褪色、淺淡。我們高聲計數，數到一半我忽然停住，張大了嘴站在原地：在穹頂下方，起重機高舉而起的藍色方塊上——隱約可見一個小小的白色正方形——那裡貼了一張紙。我渾身發顫——或許是因爲大笑的緣故——是的，我聽見自己在笑。（你們知道聽見自己笑聲的感覺嗎？）

「不，聽著……」我說：「想像您坐在一架古代的飛機上，高度計標示爲五千公尺，一側機翼斷裂，您一頭栽下來，墜落的途中仍一邊計算：『明天——十二點到兩點要做什麼……兩點到六點要做什麼……六點吃飯……』這不是很可笑嗎？我們現在正是如此！」

這雙藍色小花微微顫動，瞪得又大又圓。好險我不是個玻璃人，不然他就能看透我，我將在三、四個小時之後……

筆記二十七

摘要：

無摘要——不可能

我獨自待在漫長無盡的通道內——正是那條位於古屋下方的通道。頂部似乎灌注混凝土，沉寂無聲，只有某處傳來水滴落在岩石的滴答聲響。眼前是那道熟悉、沉重、不透明的大門——裡頭傳來低低的嗡鳴聲。

她說，十六點整會出來接我。可現在已經過了五分鐘——十分鐘——十五分鐘：依然不見半個人影。

有一瞬間——我又變回從前的我，深恐這道門會打開。再等五分鐘吧，假如她還是不出現……

水滴聲持續滴答作響。沒有任何人出現。我又是歡喜又是鬱悶地想：得救了。我沿著通道慢慢往回走。頂部一排忽明忽滅的小燈泡越來越暗、越來越暗……

忽然，我身後傳來大門匆匆開啓的匡噹聲響，接著是一陣急促的腳步聲，在通道頂端和牆壁間輕柔迴盪——她翩翩飛舞而來，因奔跑而微微喘息，開口道：「我就知道你會在這裡。你會來的！我知道你——你……」

她那長矛似的睫毛退開來，讓我進入她眼底——而……當她的唇碰觸到我的唇，我該如何描述這種荒唐而美妙的古代禮儀對我產生的影響？有什麼公式能夠表達這股旋風？它掃除了我靈魂中的所有一切，僅留下她。是的，沒錯，我的靈魂——你們想笑就笑吧。

她緩慢、費力地抬起眼皮，並以同樣方式吐出話語：「不行，夠了……之後再說，現在我們走吧。」

門開啓了。眼前是一道老舊、磨損的臺階，伴隨著刺耳的呼嘯聲、嘈雜聲和光線……

從那時起，已過了將近二十四小時，我的心情稍微平定下來——儘管如此，若要近乎精確地描述當時發生的事，對我而言依然十分困難。我腦中彷彿有顆炸彈爆開——張大的嘴、翅膀、喊叫、樹葉、話語、石頭——一個接一個，成群結隊，連綿浮現……

我記得——當下我第一個念頭就是：「快！後退，衝回去！」因我意識到，當我在通道等待之際，他們不知採取什麼方法，炸毀或破壞了綠牆——牆外那些低等生物全部湧了進來，占據我們純淨的城市。

我想必是對I說了類似的話，她笑起來：「並非如此，我們只是來到綠牆之外而已……」

我瞪大了眼睛——出現在我面前的，都是眞實存在——且迄今未有任何活生生的編號有機會目睹的景象，因爲隔著綠牆的霧化玻璃，只能看見縮小了一千倍，晦暗又模糊不清的東西。

太陽……這不是我們那種會將光線均勻灑落在馬路鏡面的太陽，此處的光線是富有生命力的碎片，是不停跳躍的光點，使人頭暈目眩。還有樹木，有些如同筆直朝天的蠟燭；有些形似蜘蛛，以多節瘤腳爪蹲踞在地；另有一些像是無聲的綠色噴泉……所有事物都在蠕行、騷動，發出沙沙聲響，某種刺刺的小毛球猛然從我腳底下鑽出來，我嚇得釘在原地，無法邁步——因爲我腳下踩的不是平坦表面——你們明白嗎？不是平坦穩固的路面，而是某種軟綿綿、有彈性、活生生且噁心的綠色東西。

我被眼前的一切驚呆了，嚇到窒息——這或許是最適當的形容詞。我站在原地，雙手緊緊抓住某根搖晃的樹枝。

「沒關係，不要緊。一開始都是這樣，會過去的。勇敢一點！」

在I的身旁——某個單薄得如同剪紙的人影，出現在令人暈頭轉向的跳動綠網上……不，不是某個人影，我認識他。我記得，他是醫生——是的，沒錯，現在我完全明白了。

他們一起抓住我的手臂，同時哈哈大笑，拖著我往前走。我腳步踉蹌，頻頻打滑，前方傳來烏鴉啼聲和老鷹唳鳴，地面滿布青苔與草丘，還有枝椏、樹幹、翅膀、樹葉及呼哨聲……

接著，樹叢分開來，眼前是一片明亮的空曠草地，那裡圍著一群人……我不知該如何稱呼他們，或者更確切地說——一群生物。

這是最難描述的部分。因爲這已超出所有可能的範圍。我現在清楚知道，I何以堅持避而不答：反正說了我也不會相信（即便是她親口所述）。很可能到了明天，我連自己都不會相信——包括這份親筆所寫的記錄。

空地上，有一塊光禿禿、形似骷髏頭的岩石——旁邊吵吵嚷嚷地圍了三百到四百個……人——姑且稱之爲「人」吧，我很難想出其他名詞稱呼他們。就像坐在看台上方，你第一時間望向全場人群，只能認出幾張熟悉面孔，這裡也是如此，起初我只能認出身穿灰藍色制服的人，接著，下一秒——我無比清晰、容易地從制服周圍辨識出：黑色、紅棕、金黃、深褐、灰色和白色皮膚的人——顯然，他們都是人。他們都沒有穿衣服，身上覆蓋著一層富有光澤的短毛——就像史前博物館展示的馬匹標本一樣。不過這些雌性的臉蛋，和我們的女性完全相同——是的，沒錯，毫無差別：同樣柔細粉嫩、光滑無毛；她們的胸脯也光滑無毛，乳房碩大堅挺、弧度美妙。而雄性，只有部分臉龐沒有毛髮覆蓋——

和我們的祖先很像。

這一切實在是太不可思議、太出乎意料了，我靜靜立在原地——是的，我肯定地告訴各位：我靜靜立在原地、觀看四周。就像一座天平：假如一端已經超重——無論後續再添多少重量，指針都不會移動……

忽然，我發現自己落單了，I已經不在我身邊——我不知道她是如何消失的，又去了哪裡。我周遭只有這群生物，他們光滑的體毛在太陽底下閃閃發亮。我抓住一個溫熱、結實的黝黑肩膀，開口問道：「聽著，看在至恩主的份上，您看見她去哪裡了嗎？一分鐘前，她還在這裡……」

對方轉過來看著我——兩道濃密蓬亂的眉毛緊蹙。

「噓——別吵！」他朝空地中央，那塊形似骷髏頭的黃色岩石點了點頭。

我看見她了——她就在那裡，在諸多頭顱之上，高高凌駕於眾人。陽光在她身後照耀，直直射入我的雙眼——她立在藍色天幕前，整個身影變成一抹焦黑、清晰的剪影，映在藍色背景上。她頭頂不遠處，有一些雲朵飄過，可我感覺飄動的彷彿不是雲朵，而是岩石、站在岩石上的她、她身後的人群和草地——都像一艘船一樣靜靜飄行，腳下的土地也在輕輕漂移……

「弟兄們……」她開口說道：「弟兄們！大家都知道：在那邊，在綠牆後方的城市裡

——他們正在建造『積分號』。大家也知道，我們摧毀綠牆——摧毀所有高牆的日子已經到來，我們要讓綠風從這端吹向另一端，席捲整片大地。不過，『積分號』將要把那些高牆帶到這裡，攜上天空，載往成千上百個其他星球。今晚這些星球又將穿透夜色的樹葉縫隙，閃爍光芒向我們低語……」

人潮紛紛拍打著岩石，掀起飛沫與強風……

「打倒『積分號』！打倒『積分號』！」

「不，弟兄們，不用打倒『積分號』，可它必須成為我們的武器。在它首度升空的那天——我們會登上去。因為『積分號』的建造者與我們同在。他已經背離綠牆，與我一起來到這裡，成為我們的一員。建造者萬歲！」

下一瞬——我被抬了起來，下方擠滿無數人頭，張大了嘴高聲呼喊，高舉手臂又放下。這一幕無比奇異、使人陶醉：我感覺自己凌駕眾人之上，我——我是一片獨立的宇宙，不再像以前一樣，只是整體的一部份，我變成了一個個體。

此際，我靠近岩石下方，身體如同歷經歡愛，幸福喜悅且綿軟無力。陽光燦爛，上方傳來各種聲音——還有I的微笑。某個金髮女子出現，她的身軀如絲緞般金亮，渾身散發著青草芳香。她手裡拿著一個碗，顯然是用木頭做的。她用紅艷的唇喝了一口碗中的液體，然後遞給我。我閉上雙眼，貪婪地啜飲那甘甜、刺激的冰涼火花，以便澆熄體內火焰。

隨後——我體內的血液和整個世界——以一千倍的高速旋轉起來，地球如同羽毛般輕盈飛舞。我感覺一切都變得輕鬆、簡單、明瞭。

這時我發現岩石上有兩個熟悉的大字：「梅菲」——不知為何，我感覺應當如此，這兩個字是一條簡單且牢固的線索，串聯起所有事物。我看見岩石上頭還刻了一幅拙劣的圖畫：一個長了翅膀的青年，他的身體是透明的，原本屬於心臟的位置——變成一塊燃燒通紅、耀眼奪目的煤炭……再說一次：我理解這塊煤炭的含意……或許不是理解，而是感受到它的含意——一如我不用聆聽，便能感受到I所說的每個字（她正站在岩石上演講）——我感覺到眾人的呼吸一致——彷彿即將共同飛往某處，就像當日綠牆上方的鳥群……

身後，從眾人濃重的喘息聲中，傳來一個響亮的聲音：「這太瘋狂了！」

接著，我似乎——是的，我想正是我本人——跳上了岩石，看著眼前的太陽、人頭和藍色天幕上的一排綠色鋸齒，我高聲喊道：「沒錯，沒錯，正是如此！大家應該瘋狂，必須瘋狂——越快越好！這是必須的——我知道。」

I站在我身旁，她的微笑如同兩條黑線，從嘴角兩端向上延伸，形成一道尖角；而我體內——心臟化成一塊燃燒的煤炭，這個變化只有一瞬，輕鬆簡單，帶著些許疼痛，但美妙無比……

後續的事情——只剩下零碎的片段記憶。

一隻鳥緩慢地低空飛過。我看出牠是和我一樣的活物，牠如同人類般左右轉動腦袋，圓圓的黑眼珠直直鑽入我心底。

我還看到一個人的背部——體毛色澤如同陳舊象牙，熠熠生輝。他背上爬著一隻翅膀透明細小的黑色昆蟲——只見他抽動背部，試圖趕走昆蟲，然後又動了一下……

我還看見樹葉投下網狀交織的陰影。有些人躺在陰影底下，口裡嚼的東西貌似傳說中的古代食物：一種長條狀的黃色水果和一塊黑乎乎的東西。有個女人把那東西塞進我手裡，好笑的是，我不確定這東西到底能不能吃。

然後又是一群人，許許多多的頭、腳、手、嘴。無數臉孔瞬間浮現——接著又像氣泡一樣破裂、消失無蹤。有那麼一秒鐘——或者，可能只是幻覺——我好似看見一對蒼白、有如翅翼飛動的耳朵。

我用盡全力，緊緊捏住I的手。她轉頭看我，問道：「你怎麼了？」

「他在這裡……我似乎……」

「他？誰呀？」

「S……剛才——在人群之中……」

烏黑、纖細的眉毛高高挑起，聳入雙鬢，形成一個銳角三角形，她露出微笑。我不懂她爲何會笑——她怎能笑得出來？

「妳不懂嗎？I，妳難道不懂，假如他或者他們當中的任何一人出現在這裡，意味著什麼嗎？」

「你眞搞笑！牆內的人怎麼可能想得到我們會在這裡。你想想看，就拿你來說——難道你曾經想過，這些事情可能發生嗎？他們正忙著在牆內搜捕我們呢——就讓他們去搜吧！你啊——眞是瘋了。」

她輕鬆、愉悅地笑了起來，我也跟著笑了。大地彷彿醉了，歡樂、輕盈地旋浮……

筆記二十八

摘要：兩個女人・熵[1]與能量[2]・不透明的人體

假如你們的世界近似於我們遠古祖先所生活的世界，那麼請你們想像一下，某天你們意外在海洋中發現第六或第七塊新大陸——類似亞特蘭提斯[3]的地方，在那座前所未見的

1 熵（entropy）爲德國物理學家克勞修斯（Rodolph Clausius, 1822-1888）於一八六五年提出的物理學概念，最初應用於熱力學中，用來量度無法轉換成「功」的熱能（即能量的耗散）。熵的希臘語源意爲「內向」，亦即「一個系統不受外部干擾時往內部最穩定狀態發展的特性」。

2 本書作者薩米爾欽將熵與能量相對的概念引入小說世界中，賦予熵社會性、政治性的意義，熵代表社會走入穩定、僵化，而能量則代表新的刺激、革命，爲社會帶來變革。

3 傳說中擁有高度文明發展的國家或城邦，最早見於古希臘哲學家柏拉圖的著作《對話錄》裡，據稱亞特蘭提斯所在的大島位於大西洋中心，約於公元前一萬年左右因地震和大洪水毀滅，沉入海底。

迷宮之城中，人們無須翅膀或飛行器便能在空中飛翔，運用視線便能抬起岩石——總之，就是一些即便你們罹患了幻想症，也無法想像得到的事物。我昨日的心境便是如此。因爲——你們了解的，自從兩百年戰爭以後，我們當中再也沒有任何人出過綠牆——這點我先前已經跟你們提過了。

不知名的朋友們，我知道我有義務爲你們詳盡描述昨日在我眼前開展的奇特無形世界。可我現在還不能回到這個主題。諸多新奇事件接連發生，如同暴雨傾盆而下，使我應接不暇：我攤開制服下襬，用雙手去接——可整盆水潑灑下來，我只抓住了幾滴，留在這些紙張上。

起初，我聽見房門外頭傳來高聲爭執——我認出那是I的聲音，堅韌有力、鏗鏘作響；另一個聲音僵硬死板——像是一把木尺——那是U的聲音。接著，門「砰」地一聲打開了，兩個女人砲彈似地衝進我的房間。正是如此：就像砲彈一樣。

I一手放在我的椅背上，向右扭頭，朝U微微一笑，露出尖利牙齒。換作是我，可不願意面對這副微笑。

「聽著，」I對我說：「這個女人似乎把你當成小孩子了，認爲自己有責任保護你，不讓你和我接觸。這是你的意思嗎？」

這時，另一個女人說話了，魚鰓似的臉頰頻頻抖動：「沒錯，他就是個孩子，確實如此！所以他才會看不出來，妳和他在一起——完全是爲了……這一切都是演戲而已。是的，我有責任……」

瞬間，我瞥見鏡中的自己——兩道筆直眉毛斷裂、上下跳動。我從椅子上跳起來，勉強克制住體內另一個揮舞著毛茸茸拳頭的我，艱難地從齒縫中擠出一個個字，朝她的魚鰓臉大吼：「馬上出去——滾！現在就滾！」

魚鰓臉先是鼓漲成磚紅色，接著又消下去，變成一團死灰。她張開嘴似乎想說什麼，卻什麼也說不出口——猛然閉緊嘴巴，離開了。

我連忙撲向I。

「我永遠——永遠都不會原諒自己！她竟敢這樣對妳？妳不會以爲這是我的意思吧……她……她……這都是因爲她想要把我登記到她名下，而我……」

「幸好，她還沒完成登記。不過，就算有一千個跟她一樣的女人，我也無所謂。我知道，你只會相信我一個人，而非那一千個人。因爲，一如你所期望的，經過昨天的事情，我已將所有秘密徹底袒露在你面前。現在我已落入你的掌心，你隨時都能夠……」

「什麼意思——『隨時』？」我頓時領悟她的含意——血液衝上我的耳朵與雙頰，我大喊：「別說了，永遠別再提起這件事！畢竟妳是知道的，那是從前的我，可現在……」

「誰知道呢？人類就像一部小說：沒有翻到最後一頁，你不會知曉結局。否則也就不值一讀了。」

I輕輕撫摸我的頭：我看不見她的臉，可從她的聲音我能聽出來：她正看向某個無比遙遠的所在，凝眸注視一團雲朵，安靜且緩慢地飄浮，不知飄向何方……

忽然，她伸手推開我——動作堅定而溫柔。

「聽著，我是來告訴你，可能——我們的時日已經不多了……你知道嗎？從今晚起，所有的禮堂演講都取消了。」

「取消？」

「是的，我經過時，看見所有禮堂都在進行準備工作，裡面擺了桌子，還有身穿白袍的醫生。」

「可這意味著什麼？」

「我不知道。目前爲止無人知曉。這是最糟糕的一點。不過，我感覺得出來：他們已經開啓電流，火花四溢——不是今天就是明天……可是，他們或許沒有足夠的時間行動。」

我早已不去思索：他們是誰，我們又是誰。我不清楚自己究竟怎麼想：是希望他們有足夠的時間抑或沒有。我只明白一件事：I正走在危險邊緣，並且隨時……

「這太瘋狂了！」我說：「你們試圖對抗聯眾國。這麼做就像徒手堵住砲口，以爲這樣就能阻擋砲彈發射。簡直就是瘋了！」

她微笑道：「『大家應該瘋狂——越快越好！』某人昨天才說過這番話。你記得嗎？在那兒……」

是的，我已將這句話寫在筆記中。所以，這些事情都曾眞實發生過。我沉默不語，望著她的臉：此刻，那道陰暗的十字紋路尤其清晰。

「I，親愛的。現在仍爲時不晚……只要妳願意——我可以放下一切、拋棄所有——我們一起逃到綠牆外，去找那些……雖然我不知道他們是誰。」

她搖搖頭。從她那雙如同幽黑窗戶的眼眸中——我看見她內在的爐火熊熊燃燒，乾柴堆積如山，火舌向上飛竄，火花四濺。於是我清楚知道：已經太遲了，我的話語無法起到任何作用……

她站起身——很快她就要離開了。或許，這就是最後的日子，或許，是最後的幾分鐘……我抓住她的手。

「不！再待一會兒——就當是爲了……爲了……」

她緩緩抬高我的手臂——將我無比憎惡的毛茸茸手臂舉向燈光。我想抽回來，可她牢牢抓住不放。

「你的手……畢竟你不知道——也沒有多少人知道。來自城裡的女人往往會愛上那邊的男人。你身上想必也流有些許太陽與森林的血脈。或許，這就是爲什麼我會對你——」

她停頓不語——奇特的是，因爲她的停頓，因爲突如其來的空白，又或者毫無緣由——我的心臟劇烈跳動起來。

於是我大聲喊道：「啊，妳不能走！妳不能走——妳還沒跟我述說他們的故事——因爲妳愛……他們，可我甚至不知道他們是誰，又是從何而來。」

「他們是誰？是我們失去的另一半，就像H_2和O——爲了產生水——河流、海洋、瀑布、波浪、暴雨——這兩半必須結合……」

我清楚記得她每一個動作。我記得，她從桌上拿起我的玻璃三角尺，在我說話的同時，她一直用那把尺的尖角抵住臉頰——戳出白色的凹痕，接著凹痕轉爲粉紅色，從她臉上消失。奇怪的是，我想不起來她說的話——尤其是開頭部分——只記得一些零碎景象與色彩。

我記得：首先她提到兩百年戰爭，綠色草原上、烏黑泥土上和冰藍雪地上——到處染滿鮮紅，那是永不乾涸的血泊。而後，烈日將草原烤得枯黃，赤身裸體、面黃肌瘦、蓬頭垢面的人們與毛髮髒亂的野狗——二者腫脹的屍身並排躺在一起，分不出究竟是人或狗……這一切當然都發生在綠牆之外：因爲城市已然征服饑荒，研發出我們今日食用的原油食品。

而從天空到地面——幾乎都被黑色濃煙籠罩，柱狀煙霧緩緩升起，在森林和樹木上空搖曳。人們幽幽哭號：黑壓壓、無止盡的成串人龍被武力趕進城市——他們被迫接受拯救、學習幸福。

「這些事情你差不多都曉得吧？」

「對，差不多都知道。」

「可有一點你不知道，很少有人知道：當時有一小部分人倖免於難，留在綠牆外。他們赤身裸體躲進森林。在那裡，他們學會仰賴樹木、鳥獸、花草與太陽維生。他們身上長出一層毛髮，而在毛髮之下，依然留有鮮紅的熱血。相比之下，你們的情況更為糟糕：你們為數字所覆蓋，數字如同蝨子一樣爬滿你們全身。應該將你們的一切全部撕下，把你們赤身裸體趕進森林。讓你們學會因為恐懼、喜悅、狂怒、寒冷而顫抖；讓你們學會崇敬火焰。而我們這些梅菲——我們想要……」

「等等——『梅菲』？這是什麼意思？」

「梅菲？這是古代名字，就是那個……你記得吧，那塊岩石上刻畫的青年……算了，我還是用你的語言跟你解釋，這樣你會更快了解。世界上存在著兩種力量——熵與能。前者可以帶來安樂的寧靜與幸福平衡，後者則會破壞平衡，造成永無休止的痛苦動盪。我們，或者說——你們的祖先，也就是基督徒們，把熵當作神一樣崇拜。而我們這些反基督的人，我們……」

就在這時，傳來一記微不可聞的敲門聲——那個帽子壓低到眼睛、曾多次爲我傳遞I的字條的矮小男人衝進房裡。

他跑到我們面前，停住腳步，像空氣泵[4]一樣哼哧喘氣，一句話也說不出來——他應該是用盡全力拼命衝過來。

「怎麼了？發生什麼事？」I抓住他的手。

「他們——朝這裡來了……」空氣泵終於氣喘吁吁說：「警衛隊……和他們一起的還有那個傢伙——嗯，妳怎麼稱呼他……像駝背的……」

「S？」

「就是他！他們就在附近——在這棟屋內。他們很快就會來到這裡。快呀，快走！」

「沒事，不必著急……」I笑起來，眼中跳動著歡快的火花。

她這副表現——若不是在逞狂妄的愚勇，就是還有什麼我不明白的事情。

「I，看在至恩主的份上！妳要了解——畢竟……」

「看在至恩主的份上？」她露出一個尖銳的微笑——有如銳角三角形。

---

4 或稱空氣幫浦、打氣機。

「好吧、好吧，看在我的份上……我求妳……」

「啊，可是我還有一件事該跟你說……好吧，沒關係，明天再說……」

她愉悅地（沒錯，愉悅）朝我點點頭，另一個男人迅速從鼓突的額頭下探眼看向我，同樣點了點頭。兩人離開，房中剩下我一個人。

我趕緊坐到書桌前，攤開筆記，手握住筆——這樣他們就會發現我正在進行對聯眾國有益的工作。忽然，我感覺頭頂毛髮彷彿有了生命，每根髮絲都在瑟瑟顫抖：「萬一他們拿起我的筆記，結果讀到一頁近期寫的內容，該怎麼辦？」

我坐在桌前，動也不動——我看見牆壁不停顫抖、手中的筆也在顫抖，所有字體都在抖動，糊成一團……

藏起來？可是能藏在哪裡？四周都是透明玻璃。燒掉它？可他們同樣能從走廊和鄰近房間看到火光。而且我也做不到，我無法消滅這個充滿痛苦——同時，也可能是我最珍貴的一部份。

遠處——走廊上——已經傳來說話聲與腳步聲。我只來得及抓起一疊稿紙，胡亂塞在屁股下方——我把自己牢牢釘在椅子上，椅子的每個原子都在振動，而我腳下的地板如同船上甲板，不停上下起伏……

不知爲何，我彷彿變成那個送信的男人，將所有心思收攏成小小一團，藏在突起的額頭之下，並且蹙緊眉頭，偷偷觀察他們的一舉一動：他們從走廊最右端的房間開始，一間間進行搜查，越來越近、越來越近……。有些人像我一樣，僵硬地坐著不動；另一些人則是跳起來，房門大敞，迎接他們——真是幸運的傢伙！如果我也能這樣……

「至恩主是人類必需的終極消毒劑，因此聯眾國的有機體內沒有任何蠕動……」我握緊不停晃動的筆，死命擠出這句完全不知所云的文字，同時盡力壓低身體伏在桌面，可我的大腦彷彿變成一座瘋狂鍛造廠，充斥各種思緒，我聽見背後傳來門把轉動的喀喀聲響，一陣風吹進來，我身下的椅子隨之晃動……

這時，我才裝作難分難捨地放下稿紙，轉身面對來客。（演戲多麼困難啊……喔，今天好像有人跟我提到演戲這件事？）S站在最前方——他面色陰沉、不發一語，迅速以視線鑽探我內心、鑽入我的椅子和手掌底下那疊瑟瑟發顫的稿紙，彷彿要鑽出兩個洞來。接著，門口冒出一些平日都會見到的熟悉面孔，其中一張臉赫然躍出——女人雙頰鼓脹，形如紅褐色的魚鰓……

我想起半小時前，在這間房裡發生的事情，我心裡清楚，她現在可能——我渾身發抖，壓著筆記的部分身軀，脈搏急劇跳動（幸好是不透明的）。

U從後方走過來，靠近S身邊，小心翼翼地碰了一下他的衣袖，低聲說：「這是D－503，『積分號』的建造者。您想必聽說過他？他總是這樣坐在桌前工作……完全不愛惜自己的身體……」

我還以爲……她眞是無比善良的女人。

S靈活地溜到我背後，俯在我的肩上——看向桌面。我用手肘遮住剛才寫的內容，可他厲聲高喊：「請您立刻把東西交給我！」

我窘得滿臉通紅，把紙張交給他。他讀完後，我看見他眼中閃過一絲笑意，這抹笑意向下飛竄，盤踞在他右邊嘴角，微微抽動……

「有點含糊不明，可畢竟……那麼，請繼續寫吧，我們不會再打擾您了。」

他啪噠啪噠走向門口——彷彿踩在水窪裡；伴隨他每一個步伐，我感覺自己的雙腳、雙手、手指又逐一回到身上——我的靈魂再次均勻分布到全身各處，我又能呼吸了……

最後，U在我房間停留了一會，她走過來，俯貼在我耳邊，輕聲說：「算您幸運，我啊……」

我不懂，她這麼說是什麼意思？

當晚，我後來得知：他們帶走了三個編號。不過，沒有人公開談論此事，也無人談論最近發生的種種情況（這是隱藏在我們之中的保衛者形成的教化作用）。因此，我們的談話內容主要圍繞在快速下降的晴雨計和天氣變化上。

筆記二十九

摘要：臉上的絲線．萌芽．異常收縮

眞是奇怪：晴雨計一直在下降，可始終沒有起風，一片寧靜。而在上空某處，一場風暴已然悄無聲息開始醞釀。烏雲高速疾馳，它們目前數量不多，還是參差不齊的零散碎片。天空彷彿已有一座城市遭到摧毀，圍牆及塔樓殘骸紛紛向下墜落，以驚人速度在我們眼前放大——越來越近——可飛越無垠藍天仍需一段時日，這些碎片尙未眞正落到最底層、落到最下方的我們身上。

下方的世界仍是一派寧靜。空氣中飄浮著幾乎看不見的細微、神祕絲線。每到秋天，這些絲線就會從綠牆外飄進來。它們在空中緩慢飄浮——你會忽然感覺自己臉上沾了什麼看不見的異物，你想拂去它們——可是不行：你辦不到，怎麼也無法擺脫……

假如走到綠牆附近，這種絲線尤其多。今天早晨我前往綠牆：I指定在古屋——我們慣用的那間「公寓」和我碰面。

經過高大的古屋時，我聽見身後傳來細碎的腳步聲和急促的呼吸聲。我回過頭，發現是O在後面追我。

她整個人看起來異常渾圓，十足像個彈潤的圓形。她的手臂、胸脯、全身上下，所有我曾熟悉的部位都變得圓滾滾的，把制服撐得緊繃不已：那層薄薄的衣料彷彿隨時都會繃裂，將她的身軀暴露在陽光之下。我不由想像：在那片綠色密林中，每到春天，幼芽也是這般直接破土而出——以便更快長出枝葉、開出花朵。

她沉默了幾秒鐘，明亮的藍眸盯著我的臉。

「我看見您了——在團結日那天。」

「我也看見您了……」我頓時想起來，當時她站在下方的狹窄走道，身體緊貼著牆，雙手交叉護住腹部。我下意識看向她那包裹在制服底下，圓滾滾的肚子。

她顯然也注意到了——整張臉蛋漲得粉紅，露出愉悅微笑：「我很幸福——非常幸福……我感覺無比完滿——您明白嗎？滿到快溢出來了。現在我走路的時候，聽不見周圍其他聲音，我一直在聆聽身體裡面的……」

我沉默不語。臉上似乎沾到某種異物，它妨礙了我——可我怎麼也無法擺脫。忽然，出乎意料地，她抓住我的手，藍眸熠熠生輝——我感覺到她的嘴唇吻上我的手……這對我來說是生平第一次。它是我迄今未曾體驗過的一種陌生且古老的愛撫儀式——此舉令我感到既羞愧又痛苦，於是我迅速（甚至可說是粗魯）地抽回了手。

「聽著，您瘋了！重點不在這裡——總之您……您有什麼好高興的？難不成您忘了這麼做會面臨什麼下場？就算現在沒事——可再過一、兩個月……」

她失去了光彩，圓潤的身軀霎時萎縮、消瘦。我內心產生一股難受、甚至是痛苦的收縮感，同時伴隨著憐憫之情（心臟不過是一台完美的泵，若想透過加壓、收縮方式使用泵吸入流體——就是技術上的謬論：由此可清楚得知，因為「愛」、「憐憫」等種種情緒引發的心臟收縮，就實質而言，是多麼的荒謬、異常、病態）。

我倆沉默不語。我們左側是綠牆霧濛濛的綠色玻璃，前方則是暗紅色的高大古屋。這兩種顏色組合起來，在我身上產生一種合力[1]作用——我想出一個在我看來絕妙無比的好主意。

「等等！我知道該怎麼救您了。我可以使您免除見到孩子出生，便判處死刑的命運。您可以撫養孩子長大——您明白嗎？您可以親自照顧孩子，讓他在您懷中成長，像果實一

---

1 兩個或更多的力同時作用於一個物體時產生的綜合矢量，稱為合力。

樣圓潤、豐滿。」

她渾身發抖，緊緊抓住我。

「您記得那個女人嗎……嗯，就是很久以前，我們散步的時候碰到的那個女人。她現在就在這裡，在古屋裡。我們一起去找她，我保證，所有事情都能立刻安排妥當。」

我彷彿已經看見，我和I是如何帶領O穿過通道——帶她進入那個地方，置身於花朵、草地與樹葉之中……可O忽然後退，粉嫩嘴角輕顫，彎成一道下弦月。

「就是那個女人嗎？」她問。

「我的意思是……」我莫名感到困窘。「沒錯，就是她。」

「而您要我去找她——讓我去求她——讓我……您休想再跟我提這件事！」

她弓起身子，加快腳步離開。接著，她彷彿想起什麼，轉頭對我大聲喊道：「死就死吧——沒錯，我無所謂！這件事跟您毫無關係——對您而言也沒差，不是嗎？」

四周一片死寂。藍色塔樓與高牆殘骸紛紛從天空落下，以驚人速度在我眼前放大——或許它們還要在無垠的藍天中飛上幾個小時，甚至幾天的時間；看不見的絲線在空中緩慢飄浮，落到我的臉上——我怎麼也無法揮掉、無法擺脫它們。

我緩緩朝古屋走去。心頭那股荒謬而痛苦的收縮感，始終揮之不去……

筆記三十

摘要：
最後的數．伽利略的錯誤．豈非更好？

以下是我和I的對話——昨晚在古屋，被各種喧囂斑斕的色彩所包圍——紅、綠、白、橘、黃銅……削弱了我的邏輯思維……有著朝天鼻的古代詩人雕像，始終掛著凝固的大理石微笑俯瞰下方。

我將逐字逐句轉錄這段對話——因爲我認爲這段話對於聯眾國——更甚者，對於全宇宙的命運，將有決定性的重大影響。其次，藉由這段記錄——你們，我不知名的讀者啊，或許可以爲我找出一些辯護理由……

I毫不拖泥帶水，直接將所有計畫向我全盤托出：「我知道後天你們就要進行『積分號』的首次試飛。我們會在那一天佔領它。」

「什麼？後天？」

「是的，坐下來，別那麼激動。我們連一分鐘都不能浪費。昨天保衛者隨機逮捕的上百人中——有十二個是梅菲。要是我們再拖上兩三天——他們都會沒命。」

我默不吭聲。

「爲了觀測試飛過程——他們應該會派遣電機工程師、機械工程師、醫師、氣象學家出席。而到了中午十二點整——記住了——午餐的鐘聲一響，眾人前往餐廳，我們會留在走廊上，把他們都鎖進餐廳——屆時，『積分號』就是我們的了……你知道的，我們必須完成任務，不惜任何代價。『積分號』在我們手中——將成爲一項重要武器，能夠迅速無痛地終結這一切……至於他們的飛行器……哈！簡直就像一群渺小蚊蚋妄圖對抗鷹隼。然後，假如眞的無法避免——我們就把引擎噴嘴對準下方，只要這樣就足以……」

我跳了起來。

「這是不可能的！太荒唐了！妳難道不明白，你們打算進行的是一場革命？」

「沒錯，正是革命！爲什麼說它荒唐呢？」

「我說荒唐是因爲不可能再發生革命。因爲我們的——我說的不是妳，而是我們先前的革命就是最後的革命。此後再也不可能出現任何革命……這點大家都知道……」

I的眉梢上挑，形成譏諷的銳角三角形。

「我親愛的——你是一個數學家。甚至——不只如此，你還是個數學哲學家。那麼，請告訴我最後的數。」

「妳是什麼意思？我……我不懂，什麼是最後的數？」

「喏——就是最後的、最高階、最大的數……」

「可是，I，這說法太可笑了。數是無限大的，怎麼會有最後的數呢？」

「既然如此，你怎麼會認為有最後的革命呢？世上不存在最後的革命，革命永無止盡。所謂的『最後』——只是給孩子聽的故事：永無止盡的概念會嚇到孩子，為了讓孩子在夜晚安然入眠，所以必須……」

「可這有什麼意義？你們做的這一切到底有什麼意義？看在至恩主的份上——既然大家都過著幸福快樂的生活，你們這麼做有什麼意義呢？」

「假設……嗯，好，就算是這樣，然後呢？」

「太可笑了！這完全是小孩子才會問的問題。就如同你跟小孩講故事——到最後他們還是會不停追問：『然後呢？為什麼？』」

「孩童是獨一無二的創意哲學家。而有創意的哲學家——也非孩童莫屬。正是如此，我們就該像孩子一樣，不停詢問：『然後呢？』」

「根本沒有什麼然後！真是夠了！整個宇宙——都是均衡的——到處都分布……」

「啊哈！到處都是均衡的！這就是——熵，心理上的熵。你是個數學家——難道還不明白，唯有差異——溫度的差異、熱能的反差——才能形成生命？假如整個宇宙到處都是同樣的溫度——或者都充滿同樣冰冷的物體……那就應該使其產生碰撞，激起火焰、爆炸，形成煉獄。我們現在就要這麼做，使一切產生碰撞。」

「可是，I——妳是知道的，我們的祖先——在兩百年戰爭時期——就是這麼做的……」

「喔，他們是對的——千眞萬確。可他們犯了一個錯誤：他們後來認定自己就是最後的數——可自然界並不存在最後的數。他們犯的錯誤和伽利略相同：伽利略認爲地球繞著太陽運轉，這點沒錯；可他不知道，整個太陽系都圍繞著另一個中心運轉，他不知道，地球眞正的，而非相對的軌道——完全不是單純的圓形……」

「那你們呢？」

「我們？我們如今知道不存在最後的數。或許將來我們也會忘記這點。不，當我們逐漸衰老，必然會遺忘——一如世間萬物無可避免終會老去。屆時我們也會像秋天的樹葉一樣，從樹上飄落……就像後天你們……不，不，親愛的，我不是指你。你——是我們的一員，你和我們同在！」

她像火焰般熊熊燃燒，像狂風般激烈飛旋，渾身散發著耀眼光采——我從未見過她這副模樣。她用盡全力，緊緊擁抱我，我感覺自己消失了……

最後——她堅定地凝視我的雙眼，說道：「記住了，十二點整。」

我回答：「好，我會記得。」

她離開了。剩我一人留在狂亂喧囂的藍、紅、綠、黃銅與橘彩之中……

是的，十二點整……忽然，我莫名感覺有異物落到臉上，卻怎麼也拂不掉。我驀地想起昨天早上，U當著I的面吼出的那些話……我爲何會想起這件事呢？多荒謬啊。

我急忙向外走去——想要趕緊回家，回家……

在我身後，綠牆上空傳來刺耳的鳥叫聲。而前方，在夕陽餘暉映照下，無數半圓形穹頂，彷彿深紅色的火焰結晶；巨大的立方體房屋，如同染上熊熊火焰，儲能塔的尖頂高高聳入天際，好似一道凝結的閃電。而眼前的這一切——這毫無瑕疵的幾何之美——我眞的要親手……難道就沒有其他出路？沒有其他辦法嗎？

途中，我經過一座禮堂（我忘了它的編號）。裡頭的長椅都被堆疊起來，中央擺了好幾張桌子，全都鋪滿雪白的玻璃織布，白布上頭還染上幾滴夕陽的粉紅鮮血。而隱藏在所有事物之中，是充滿未知、故而使人感到恐怖的明天。讓一個擁有視覺與思維能力的生物活在毫無規則、充滿未知數X的世界，實屬違背自然的行爲。就像蒙上你的眼睛，迫使你一路摸索、跌跌撞撞前進，而你清楚知道，自己無比接近懸崖邊緣——只消跨錯一步，就

筆記三十一

摘要：
偉大的手術．我原諒一切．列車相撞

當你感覺已經沒有任何指望，一切即將終結之際，就在最後關頭……竟然獲救了！

這種心情就彷彿你已走上臺階，一步步通往至恩主那台恐怖的死刑機，沉重的玻璃罩匡噹一聲罩住你，你在生命的最後一刻——無比貪婪地凝望藍天……

忽然間，你發現一切只是一場夢而已。太陽依然是歡欣的粉紅色；而牆壁——能夠摸到冰冷的牆壁是多麼高興的事啊！還有枕頭——你可以享受地將頭埋進雪白、鬆軟的枕頭中，永遠不要起身……

這大概就是我今天早上閱讀《聯眾國報》的心情。就像做了一場恐怖惡夢，如今惡夢結束了。而我，這個懦弱膽小、背棄信仰的傢伙——已經想好要自盡了。我現在重讀昨天寫下的最後幾行字，感到無比羞愧。不過沒關係，就讓這些文字留存下來，用以紀念那些原本可能發生的荒誕之事……而今這些事情不會再發生了……沒錯，絕對不會！

《聯眾國報》的頭版赫然印道：

歡呼吧！

因為從今以後，你們將變得完美無瑕！在此之前，你們製造的機械產品比你們還要完美。

怎麼說？

引擎迸發的每簇火花都是至為純粹的理性火花；活塞的每個衝程[1]都是無懈可擊的三段論證。而你們體內不也同樣存在著完美無誤的理性？

起重機、壓力機、泵的哲理就如同圓規畫出的圓般完滿清晰。你們的哲理難道不及圓規完美嗎？

機械之美在於其節奏，如鐘擺般恆久、精確。而你們自幼接受泰勒制薰陶，不也如同鐘擺一樣精確？

1 或稱爲行程，引擎的活塞從上止點到下止點的距離或運動過程。

唯有一項差異：

機械不會幻想。

你們可曾見過泵缸在運作時泛起心不在焉、浮想聯翩的傻氣微笑？你們可曾聽過起重機在夜間規定的休息時間裡不安地輾轉反側、唉聲嘆氣？

沒有！

你們真該為此感到臉紅！保衛者注意到這類微笑與嘆息出現的次數越來越頻繁。而且——請摀住你們的眼睛——聯眾國的歷史學者們已集體請辭，以免記錄這些可恥事件。

不過，這不是你們的錯——因為你們生病了。這種疾病的名稱就叫做：

幻想。

幻想是一種蛀蟲，在你們的額頭啃噬出許多黑色皺紋；幻想是一種狂熱，驅使你們越跑越遠——即便這個遠方的起點正是幸福的終點；幻想——是通往幸福之路的最後一道阻礙。

歡呼吧！這道阻礙終於被炸毀了！

幸福之路暢通無阻。

國家科學院最新研究發現：幻想中樞是一團小小的神經節，位於橋腦[2]區。只要使用X光對這團神經節進行三次燒灼治療——便能治癒你們的幻想症——永不復發。

你們會變得完美無瑕，你們會如同機械一樣，通往百分之百的幸福道路已然暢通無阻。全體編號——無論老幼——請盡速接受這項偉大的手術。請盡速前往禮堂，進行這項偉大的手術。偉大的手術萬歲！聯眾國萬歲！至恩主萬歲！

……你們這些讀者啊——假如你們不是從我這本近似古代奇幻小說的筆記當中讀到這篇文章——假如你們同我一樣，顫巍巍地握住這份依然散發著油墨味的報紙——假如你們也和我一樣，知道這一切都是當下發生的現實，即便不是今日，也會在明日實現——你們難道不會跟我產生相同的感受？不會像我一樣感到頭暈目眩？你們不會感到背部與手臂竄過一陣既恐怖又甜蜜的刺痛寒意？你們難道不會認爲自己變成巨人阿特拉斯[3]——只要挺直

---

2 腦幹中最大的區塊，位於延腦上方、中腦下方、小腦前方。橋腦內部有大量神經膠細胞與神經纖維，是第五到第八對腦神經的起源，具有呼吸中樞調節與睡眠調節、控制功能。

3 希臘神話中的擎天神，爲泰坦神族（巨人族）。受宙斯懲罰，需永遠以雙肩擎天。

身子，必然會一頭撞上玻璃天花板？

我一把抓起話筒。

「請接I－330……是的、是的，330。」接著，我氣喘吁吁地大喊：「您在家對嗎？您讀了嗎？——您正在讀？這、這可眞是……太驚人了！」

「是啊……」一陣漫長、鬱悶的沉默。話筒隱隱傳來嗡嗚聲，她在思考……「我今天必須和你見個面。是的，十六點後來我這裡。一定要到。」

親愛的！我最最親愛的！「一定要到」……我感覺自己在笑，怎麼也停不下來，我會帶著這抹笑容上街——彷彿一盞燈高高掛在頭頂……

門外，狂風飛旋、呼嘯，朝我席捲而來，如鞭子般抽打在我身上。可我只是感到更加開懷。呼嚎吧！叫囂吧！——都無所謂，反正吹不倒牆。即便黑沉沉的烏雲從頭頂墜落——就任其墜落吧！反正遮不住太陽。我們是約書亞[4]——已將太陽永遠鎖在天頂[5]。

我看見街角站著一群約書亞，他們的額頭緊貼在禮堂的玻璃牆上……裡頭已經有一個

---

4 根據《舊約》記載，約書亞在摩西死後成爲以色列人的領袖，帶領以色列人攻進迦南美地。

5《約書亞記》第十章十二至十四節記載，約書亞向耶和華祈禱，在基遍之役中，使日月停在天空不動，直到以色列人打敗敵人，故神蹟顯現：「日頭在天當中停住，不急速下落，約有一日之久。」

編號躺在白得炫目的桌子上方，一雙光腳丫從白布下方探了出來；白袍醫生俯在他頭前，一隻白色的手——將一根裝滿藥物的注射器遞過去。

「你們爲什麼不進去？」我開口問道，並非特意針對某個人，更像是詢問所有人。

「那您呢？」一顆圓溜溜的腦袋轉過來看我。

「我——之後再來。我必須先去……」

我略帶尷尬地離去。我確實必須先去見她，I－330。可爲何要「先」去見她呢——我無法回答這個問題……

裝配廠上，「積分號」閃爍著冰藍色的光芒。引擎室內發電機嗡嗡低鳴，像是親暱地不斷重複同一個詞語——某個我熟悉的詞語。我彎身撫摸冰冷、修長的引擎管身。親愛的……最最親愛的，明天你就會甦醒，明天將是你生平第一次，因腹中熊熊噴發的熾焰而顫動……

假如一切仍按昨日所述進行，我該用什麼眼光看待這座宏偉的玻璃巨獸呢？假如我知道，明日中午十二點整——我就要背叛它……是的，背叛……

身後，有人小心翼翼碰觸我的手肘。我轉過頭，是副工程師那張扁平的瓷盤臉。

「您已經知道了吧。」他說。

「什麼？手術嗎？沒錯，可不是嗎？正是……所有的一切……一下子就……」

「不，不是這件事。試飛延遲到後天了。都是因爲這個手術……我們先前那麼努力趕工，眞是白忙一場……」

「都是因爲手術」……眞是個目光狹隘的可笑傢伙，除了自己那張圓盤臉外，什麼也看不到。假如他知道，若不是因爲這個手術，明天中午十二點，他就會被鎖在玻璃牢籠中，上竄下跳，試圖翻牆……

我在十五點三十分回到房間。我一進門——赫然發現U。她正坐在我桌前——枯瘦的身軀挺得筆直、堅定——一手牢牢拄著右頰。她想必等了許久，因爲當她迅速起身迎接我時，臉頰上清晰地留下五道指痕。

有一瞬間，我想起那個不幸的早晨，就在這個房間，在桌旁，她與I相毗鄰，怒氣沖沖……可這抹回憶只浮現片刻，旋即被今日的陽光滌淨。就像是你在明朗的白天走進房間，漫不經心地啓動開關——電燈亮了，可你感覺不到燈光的存在——此舉是如此可笑、空乏、無用……

我毫不猶豫地朝她伸出手，我原諒曾發生的一切——她緊緊抓住我的雙手，捏得我發疼，下垂的雙頰彷若古代耳飾，激烈抖動。她說：「我一直在等你……只要幾分鐘的時間……我只是想說，我無比幸福，我爲您感到高興！您懂的，明天或是後天——您就會完全痊癒，重獲新生……」

我看見桌上有幾張紙——是我筆記的最後兩頁，昨晚寫完後就一直擺在那裡。要是她看到了我寫的東西……不過，無所謂了，現在這些東西只是歷史而已，就像透過顛倒的望遠鏡所看見的景物一樣——遙遠得可笑……

「是的。」我說：「而且您知道嗎？我剛才在街上行走，前面有一個人，他的影子倒映在路面上。您明白嗎？他的影子在閃閃發光。我認為——我敢肯定——明天起所有影子都會完全消失，沒有任何人或物會投射出陰影，陽光會穿透世間萬物……」

她既溫柔又嚴厲地說：「您真是個幻想家！我不會允許學校的孩童這麼說話……」關於學童，她講述自己如何立時帶所有學童去進行手術、現場又是如何把他們綑綁起來，還有「愛——就是不能心軟。沒錯，不能心軟」之類的話，以及她認為，她會下定決心……

她撫平雙膝的灰藍制服皺褶，迅速且默默地以微笑敷遍我全身，然後離開了。

幸運的是，今日太陽並未停滯不動，依然在天空奔跑。

到了十六點，我敲敲門——內心狂跳……

「請進！」

我坐在地上——就在她座椅邊，抱著她的雙腿，仰頭凝視她的眼眸——在她的雙眸間輪番流連——而在每個眼眸中，我都能看見自己——徹底淪為俘虜……

牆外，風雨欲來，天空的烏雲愈發黑沉，讓它來吧！我腦中充滿思緒，話語激昂迸洩；我高聲說，我們將和太陽一起飛向某處……不，現在我們已經知道那個地方——我身後跟著許多行星——有些行星火焰四射，遍地開滿會唱歌的火紅花朵；有些是寂靜的藍色行星，具有理性的石頭共同組成一個井然有序的社會；還有一些行星跟我們的地球一樣，已經到達百分之百、絕對的幸福頂峰……

忽然，頭頂傳來她的聲音：「你不覺得所謂的頂峰——正是一個由石頭共同組成、井然有序的社會嗎？」

她臉上的三角形愈發尖銳、陰鬱。

「幸福……是什麼？畢竟欲望會造成痛苦，不是嗎？顯然，所謂的幸福就是不再有任何欲望，一絲欲望也無……我們至今仍用正號標示幸福，這是多大的錯誤、多荒唐的偏見啊！絕對的幸福當然要用負號標示——神聖的負號！」

我記得自己茫然地低聲咕噥：「絕對零度[6]——是負兩百七十三度……」

「負兩百七十三度——正是如此。有點涼快的溫度，可這不是剛好證明我們已經到達

6 絕對零度是熱力學理論中，溫度可達到的最低值。即攝氏溫度零下273.15度（-273.15℃）或華氏溫度零下459.67度（-459.67℉）。

頂峰？」

她像許久之前那般——彷彿在爲我說話，徹底揭露我的思維。然而這番話語含有某種恐怖的東西——我無法接受——努力擠出了一個「不」字。

「不！」我說：「妳、妳在嘲笑我……」

她高聲笑了起來——笑聲實在太過響亮。可很快地，她的笑意像是達到了某個極限——轉瞬減弱——下滑——停止。

她站起身，雙手按在我的肩膀上，緩緩地注視我良久。接著，她把我拉進懷裡——我忘記了一切，滿心只有她那火辣、熾熱的雙唇。

「永別了！」

這句話彷彿來自頭頂的遙遠處，可能過了一分鐘，或者兩分鐘——才傳進我耳裡。

「妳這是什麼意思？『永別了』？」

「你生病了，你因爲我而犯罪——你不是一直爲此感到痛苦嗎？現在有了手術——你就能治癒因我而生的病。所以我說——永別了。」

「不！」我大喊。

她蒼白的臉上浮現一個尖銳、無情的黑色三角形。

「怎麼？你不想要幸福嗎？」

我的腦中一團混亂，彷彿有兩部邏輯列車相撞，直直撞入彼此的車廂內，轟然破裂、爆炸毀滅……

「喏，怎麼樣，我還在等你的答覆——選擇吧：是要手術和百分之百的幸福，抑或是……」

「我不能沒有妳，我絕不能……沒有妳。」我說道，或者只是心裡這麼想——我不曉得，可I聽到了。

「好，我知道了。」她回答道，雙手依然按住我的肩膀，雙眸持續凝視著我。

「那麼——明天，明天——十二點整。你記住了嗎？」

「不，延後一天了……要到後天……」

「對我們來說更好。那就後天——中午十二點整……」

我獨自走在黃昏的街道上。狂風朝我席捲而來——我彷彿是一張紙片，被風吹趕著前進；黑壓壓的烏雲在天空飛馳、飛馳——它們還要在無垠的天空飛越一兩天……無數穿著制服的編號擦過我身邊——可我依然孤獨前行。我清楚知道：眾人都會獲得拯救，唯獨我不會，因爲我不想獲得救贖……

筆記三十二

摘要：

我不相信・曳引機・人形紙片

你們相信自己會死嗎？是的，人終有一死，而我是人，所以……不，我要說的不是這個，這點你們與我皆知。我是要問：你們是否真的相信這點？全然徹底地相信，不是用頭腦，而是用身體去感覺：將來的某一天，捏著這張紙的手指會變得枯黃、冰冷……

不，你們當然不會相信——所以至今你們仍未從十樓一躍而下，仍繼續吃飯、翻閱筆記、刮鬍子、微笑與寫作……

我今日也懷有相同想法，沒錯，正是這種想法。我知道，時鐘的小黑針會從這裡一路向下爬，前往午夜時分，然後又慢慢上升，跨過最後一道界線——荒誕的明日就要來臨。我知道這一點，可不知為何我不肯相信，或許是因為，我覺得二十四小時等於二十四年。

因此我還能繼續做事、匆匆趕路、回答問題、沿著梯子爬上「積分號」。我仍能感覺到它是如何在水面晃動，並且知道我應該抓住冰冷的玻璃扶手。我看見透明的、彷彿有生命的起重機，彎著如鶴[1]般細長的脖頸，伸長鳥喙，將引擎所需的恐怖爆炸性食品，殷切溫柔地哺餵給「積分號」。

下方的河面上——我清晰地看見風吹起的藍色水紋和漩渦。可這一切好似與我分隔開來，顯得陌生而平淡——彷彿紙上的設計圖般。因此副工程師那張扁平的圖紙面孔忽然開口說話，我都覺得奇怪。

「所以，我們應該給引擎裝載多少燃料呢？假如用三小時計算……或三個半小時……」

在我面前——在設計圖的投影上——是我握著計算尺[2]的手，對數刻度盤上顯示的數字為十五。

「十五噸。不過最好還是裝到……沒錯，裝到一百噸……」

---

1 最早於公元前六世紀末，古希臘人發明了起重機，因起重機的外觀與鶴直立的細長脖子、鳥喙相似，故以鶴（現代希臘文為geranós）命名起重機。

2 或稱算尺、對數計算尺，是一種模擬計算機，約十七世紀二〇年代左右發明。在一九七〇年以前是廣泛運用的工具，計算尺甚至被視為工程師身分的象徵，直到電子計算機發明後才被取代。

這是因為我知道明天……

我從旁看見——自己握著計算尺的手開始微微發抖。

「一百噸？為什麼要裝這麼多？這樣足夠飛上一周了。不只一周，還能飛更久呢！」

「以防萬一……誰知道會發生什麼事呢？」

「我曉得……」

狂風呼嘯，空氣彷彿被一層看不見的物質緊緊包覆，我感到呼吸困難，舉步維艱。而街道盡頭，儲能塔鐘面的指針同樣緩慢、艱難地爬行，可一秒也不敢停留。藍色塔尖隱沒在雲層中，晦暗不明，同時發出低沉嚎叫，吸取電力。這時，音樂鐘塔的銅管吼叫起來。

一如既往——編號們四人一排向前行進。不過，隊伍有點鬆散，可能是風太大，眾人搖搖晃晃、彎腰縮腦，隊形愈發散亂。隊伍走到街角時，彷彿撞到了什麼東西，猛然向後退，接著全部停滯不動，密密麻麻擠成一團，眾人呼吸急促，全都像鵝一樣伸長脖子張望。

「看哪！不對，是那邊——快看！」

「是他們！是他們！」

「……換作是我，絕不同意！絕不——我寧願把頭伸進死刑機……」

「安靜點！你瘋啦……」

街角的禮堂大門敞開——一列五十人組成的縱隊，踏著緩慢、笨重的步伐走出來。不過，用「人」這個詞來形容他們並不恰當——他們彷彿沒有腳，下肢化作沉重、僵硬的輪子，透過無形的傳動裝置轉動行進；他們不是人，而是人形曳引機。

他們頭頂高舉著一面白色旗幟，被風吹得獵獵作響，旗上繡著一輪金色太陽，在太陽光芒之間寫了一行字：「我們是第一批！我們已經接受手術！眾編號快跟隨我們的腳步！」

他們勢不可擋，如犁田般緩緩穿過人群——顯而易見，假如擋住他們去路的不是我們，而是一道牆、一棵樹或一棟屋子，他們仍會毫不猶豫地輾過牆、樹與屋子。這時，他們已經走到街道中央，面向我們，相互牽起手，形成一條長鏈。而我們縮成一團，緊張兮兮地等待，像鵝一樣伸長脖子張望。天空烏雲密布，狂風陣陣呼嘯。

忽然，長鏈的左翼與右翼，迅速向內圍攏，朝我們衝來——彷彿一臺重型機器衝下山坡，速度越來越快——他們縮緊圓圈，將我們推向敞開的禮堂大門，迫使我們進入門內……

有人尖聲高喊：「他們要趕我們進去！快逃啊！」

於是所有人爭先恐後飛奔起來。牆邊還有一道狹窄的小門，眾人一頭衝向那裡——每個人的腦袋頓時變成尖銳的楔子，手肘、肋骨、肩膀兩側也都擠成尖形，好似從消防水管噴射出來的水流，呈扇形四濺。四周充斥著飛奔的腳步、揮舞的手臂和制服。忽然，我眼前閃過一道上下佝僂的S形身影和一對蒼白的招風耳——接著他就不見了，彷彿遁入大地。只剩我一個人困在飛速閃動的手腳之中——我拔腿狂奔……

我跑到一棟房子的大門口——背部緊抵著門，停下來喘口氣——立時有個人貼上來，彷彿一張小小的人形紙片，被風吹了過來。

「我一直……跟在您後面……我不想——您明白的——我不想。我同意了……」

圓潤的小手抓住我衣袖，圓圓的藍眸望著我，是O。她整個人從牆面滑落到地上，在冰冷臺階上縮成一團。我彎身撫摸她的頭與臉蛋——手心滿是汗水。我感覺自己無比巨大，而她無比渺小——彷彿是我身體的一小部分。這種感覺全然迥異於我對I的情感，我覺得，古人對他們的孩子可能近似於我此刻的情感。

她縮在下方，雙手摀著臉，指縫間傳來幾不可聞的低喃：「每天晚上我……我不能——假如他們治好了我……每天晚上我獨自待在黑暗中，我都在想著他——等我把他生出來，他會是什麼模樣……屆時我就沒有活下去的理由了——您懂嗎？您必須——您必須幫我……」

我內心升起一股荒謬感——可我確信：是的，我必須幫助她。荒謬之處在於，這個屬於我的責任——又是一樁罪行；荒謬之處還在於，白色不可能同時又是黑色，責任與罪行不能畫上等號。或者說，生活中沒有什麼黑與白，顏色只取決於基本的邏輯前提。假設前提是我違法給了她一個孩子……

「嗯，好吧──您別這樣，別這樣……」我說：「您要了解，我必須帶您去找I──就像我上次提議的，讓她……」

「好。」（她靜靜回答，雙手依舊摀著臉。）

我扶她起身。我們沉默不語，分別沉浸在自己的思緒中──或許，我們想的是同一件事也說不定──我們沿著昏暗的街道行走，兩旁是沉寂、灰暗的房屋，一路頂著狂風的枝條拍打向前行進……

在這明顯的緊張時刻──從呼嘯的風聲中，我聽見身後傳來熟悉的、彷彿踩在水窪中啪噠作響的腳步聲。在轉角處我回頭張望──從陰暗的玻璃路面倒映的滾滾烏雲中──我看見了S。

我的雙手頓時不受控制，毫無節奏地胡亂揮舞，我大聲對O說：明天……沒錯，明天「積分號」將進行首次試飛，這是一件空前絕後、奇蹟般的盛事！

O一臉驚愕，圓圓的藍眸盯著我和我狂亂揮舞的手臂。可我不給她開口的機會──我不停說話、說話。我腦中分離出一個聲音──只有我自己能聽見──這個想法激烈地嗡嗡作響，頻頻敲擊我的腦袋：「不行……必須想個辦法……不能把他引到I那裡──」

於是我沒有向左轉——而是向右轉。大橋恭順而諂媚地彎下腰來——讓我們三人：我、O和後方的S通過。對岸燈火通明的屋宇在水面灑落點點星火，星火又碎裂爲成千上萬個興奮跳動的光點，隨著白沫洶湧飛濺。風聲宛如繃緊的低音琴弦——在我們頂上嗚嗚低鳴。而從風聲的低鳴中——後方始終跟著——

到了我的住所。O在大門口停下腳步，開口說：「不！您答應過的……」

可我沒等她說完，便匆匆把她推進門內——我們一起進入大廳。一張熟面孔坐在管理室的小桌前，她下垂的雙頰激烈抖動；而她周圍密密麻麻擠著一群編號，正在爭論什麼事情，還有一些人從二樓欄杆探出腦袋，接著又一個個跑下來。不過，等等再來談論這件事……此刻我忙著把O拉到對面角落，背靠著牆坐下來（我看見牆後有個頭很大的黑色人影，在人行道上來回移動），然後掏出便條紙。

O緩緩倒在座椅上——她的身軀彷彿從制服底下溶解、蒸發，只剩下空蕩蕩的衣裙和一雙空洞眼眸——好似一片藍色虛空，將人吞入其中。

她疲憊地說：「爲什麼帶我來這裡？您欺騙我？」

「不是……小聲點！看那邊——看見了嗎？在牆的後方？」

「是的，有個人影。」

「他一直在跟蹤我……我沒辦法。您明白嗎？我不能讓他發現。我現在寫幾個字——

您自己帶著便條去找她。我知道他會守在這裡。」

制服底下的豐滿身軀又動了起來，她的腹部微微鼓起，雙頰隱約浮現一抹黎明曙光。

我把紙條塞進她冰冷的手指，然後緊緊握住她的手，最後一次讓自己沉入她的藍眸中。

「再見了！或許將來有一天，我們還會……」

她抽出手。彎著身子，慢慢離開──走了兩步──很快又轉過身來──重新回到我身邊。她的雙唇微微蠕動──她的眼眸、嘴唇──整個人──都在對我反覆述說同一個字──她的微笑如此令人心碎、如此痛苦……

而後，彎著身子的人形紙片走到門口，很快變成牆後一道小小黑影──她沒有回頭，腳步越來越快、越來越快……

我走到U的桌邊。她的魚鰓臉憤怒地鼓起、激烈抖動，她對我說：「您知道嗎？大家好像都瘋了！就像這個人，他一口咬定自己在古屋附近看見一個很像人類的生物──赤身裸體，渾身是毛……」

現場林立密布的人頭中，響起一道聲音：「是真的！我再說一次，我真的看見了。」

「嗯，你怎麼看待這件事？真是一派胡言！」

這句「一派胡言」，她說得如此直接、篤定，我不禁自問：「最近發生在我身上和周遭的一切，真的不是妄想嗎？」

可我望向自己毛茸茸的雙掌，想起那句話：「你身上想必也流有些許森林的血脈。或許，這就是爲什麼我會對你——」

不，幸好——這不是妄想。不，應該說：不幸的是——這不是妄想。

筆記三十三

摘要：

無摘要．匆匆．最後留言

這天終於來臨。

我趕緊翻開報紙，裡面或許會有什麼消息……我用眼睛瀏覽報紙（沒錯，我的眼睛現在就像筆和計算尺一樣，你可以抓在手上感覺它的存在——它不再屬於我，而是一項工具）。

大大的粗體字占據整篇頭版：

幸福之敵並未放鬆警惕，快用雙手牢牢抓住幸福！明日暫停全部工作，所有編號都必須接受手術。拒不接受者——將受到至恩主的死刑制裁。

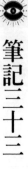

明天！怎麼可能——眞的會有明天嗎？

出於平日習慣，我的手（同樣也是工具）伸向書架——想把今日的《聯眾國報》放進收藏報紙專用，鑲有金色花紋的精裝書盒內。過程當中，我心想：「何必呢？還不是都一樣？我永遠不會再回來這裡，不會再回到這個房間了……」

於是我鬆開手，報紙掉落到地板上。我站在原地，環顧整個房間，匆匆抓起所有我捨不得留下的東西，瘋狂塞進腦中那只無形的手提箱內。我的桌子、我的書籍、我的椅子。那天I曾坐在這把椅子上——而我坐在她腳下，在地板上……還有床……

又過了一兩分鐘——我荒唐地等待某個奇蹟發生，或許電話會響，或許她會告訴我……

不，世上沒有奇蹟……

現在，我要離開了——走向未知。這是我最後的留言。再見了——你們，我不知名的、親愛的讀者們，我和你們共同經歷這許多篇章，我是個患有靈魂疾病的人——我把自己的一切毫無保留地展示在你們面前，連最後一顆磨壞的小螺絲釘、最後一根崩斷的彈簧都沒放過……

現在，我要離開了。

筆記三十四

摘要：被解放者．陽光燦爛的黑夜．無線電女武神[1]

哦，假如我真的徹底摧毀了自己與所有人——假如我真的和她一起前往綠牆外，置身於那群齜著黃色獠牙的野獸之中——假如我沒有回到這裡，情況就會簡單上一千倍、一百萬倍。可現在——怎麼辦？去阻止這個——可這又有什麼用呢？

不、不、不！鎮定一點，D－503。快把自己放置在縝密的邏輯中軸上——縱然時間不多，也要使盡全力頂住握把——如同古代的奴隸般，推動三段論的磨盤——直到你仔

1 女武神（Valkyrja），或稱瓦爾基麗，北歐神話中的戰爭女神，在戰場上賜予戰士勝利或死亡，並引領死去的勇士前往英靈殿。

細思索所有發生的一切，並將之記錄下來……

當我踏進「積分號」時，所有人員都已到齊，並且各就各位，這座巨大的玻璃蜂巢內，每個巢室都塞得滿滿當當。透過玻璃甲板望出去，下方的人小如螻蟻，擠在電報機、發電機、變壓器、高度計、閥門、指示器、引擎、泵、噴嘴附近。休息室內，有一批人正俯身觀看圖表與儀器——想必是科學部派來的。副工程師帶著兩名助手跟在他們身邊。

他們三人像烏龜一樣，把頭縮進肩膀，臉色發灰，有如蕭瑟秋日，黯淡無光……

「嗯，怎麼了？」

「就是……有點害怕……」其中一人說道，灰暗的臉龐掛著一抹黯淡微笑。「我們可能會降落在不知名的地方，總之，一切都是未知。」

我難以直視他們——再過一小時，我將親手把他們攆出時間表舒適的數字作息，使他們永遠脫離母國懷抱。他們令我想起《三個獲釋者》中的悲劇人物——這是我們每個小學生耳熟能詳的故事。這則故事是關於三名編號，他們參與一種實驗，整整一個月不用工作，想做什麼就做什麼，想去哪裡就去哪裡（這事發生在許久以前，時間表頒布後的第三個世紀）。這三個可憐人始終在平時工作地點附近徘徊，以飢渴的眼神凝望裡頭；還會站在廣場上，一小時接一小時地重複那些總在每日固定時段進行、已然內化爲他們身體需求的動作：對著空氣又鋸又刨、握著看不見的槌子咚咚敲打看不見的鐵塊。最後，到了第十天，他們再也無法忍受了，三人手牽著手走入河裡，伴隨著進行曲的樂聲，他們越走越深，直到河水終結他們的苦痛……

我再說一次，我難以直視他們，於是匆匆離開。

「我去檢查一下引擎室。」我說：「然後就──開始吧。」

他們詢問我一些問題──啓動起爆器[2]時應該使用多少電壓？艦尾的水箱需要多少壓艙水[3]？我體內彷彿有一台留聲機，迅速且準確地回答所有問題，至於我本人──依舊沉浸於內在思緒之中。

忽然，在狹窄的通道內，一個身影觸動了我的內在反應──從那一刻起，實際上，行動就開始了。

狹窄的通道內，不時閃過身穿灰色制服的編號和一張張灰暗臉孔，下一秒，我在其中發現一個人影：他的頭髮垂覆在額頭上，蹙緊眉頭注視──正是那個男人。我明白了，他們已經在這裡了，我毫無退路，只剩下一點時間──幾十分鐘的時間……我全身上下的微

2 火箭發射前有一道「點火」程序，系統會發出信號，以低壓電流啓動起爆器，起爆器會引燃內部裝塡的火藥、炸藥，進一步點燃點火器，最終點燃引擎。

3 船艦爲維持空載運時的重心穩定，會汲取海水、河水或湖水到船艙內，增加船艦的重量，避免翻覆。

小分子都在顫抖（持續到最後仍未平息）——好似體內裝了一台馬達，可我的身體結構太輕，於是牆壁、隔板、電線、樑柱與電燈等所有的一切——都在瑟瑟發顫……

我不知道她是否也在這裡。可現在沒時間確認了——他們派人來通知我，要我盡快上去，到指揮室。該出發了……可要前往哪裡呢？

四周都是黯淡無光的灰色臉孔。下方的水面好似布滿浮凸青筋，天空的雲層沉重如鐵。我抬起同樣沉重得如同鐵鑄的手，抓起指揮室的話筒。

「上升——四十五度角！」

震耳欲聾的爆炸聲響起——伴隨著強烈震動——如小山般的青白色水瀑猛烈噴向艦尾[4]——腳下的甲板好似在下沉——變得如同橡膠般柔軟——所有的一切都遺留在下方了，我全部的生活，永永遠遠……這一秒——我感覺自己落入一個漩渦，越陷越深，周遭的一切全部縮攏起來——城市變成冰藍色的立體地圖，圓形穹頂好似泡泡，儲能塔宛如一根鉛灰色的手指。接著，棉軟的雲朵瞬間籠罩上來——我們穿過雲朵——陽光與藍天出現在眼前。又過了幾秒鐘、幾分鐘，飛了好幾哩——藍天迅速凝結，黑暗瀰漫開來，星星如同冰

4 火箭或太空梭發射時，噴發的尾焰溫度超過三千度，同時也會產生超高分貝的噪音，危害到火箭發射與人員性命安全。於是科學家提出以噴水方式吸收噪音與降溫，減低超高溫、高壓與噪音所帶來的危害。

冷的銀色汗珠隱微閃現……

這是一片炫亮刺目、繁星密布又陽光燦爛的恐怖黑夜。就好像你忽然失去聽覺，你依然能看見噴管轟鳴，卻聽不到任何聲音，噴管啞然無聲，太陽同樣寂靜無聲。

這很自然，應當在預期之中。我們衝出了地球的大氣層。不過一切發生得太快、太突然——所有人都嚇到了，悄然無語。而我——我感覺在這迷幻且無聲的太陽底下，反而輕鬆一些：彷彿經歷最後一次的痛苦掙扎，我已無可避免地跨越那道界線——我將軀殼留在下方，疾速飛向一個嶄新世界，那裡的一切都與過往截然不同、翻天覆地……

「保持航向。」我朝話筒大喊——或許不是我，而是我體內的留聲機在下指令——接著，留聲機操縱我那如同裝了活動絞鍊的手，機械式地將指揮話筒遞給副工程師。而我，全身上下的微小分子都在顫抖，這股顫慄只有我自己能覺察——我跑到樓下，想要尋找……

休息室的大門——再過一小時，這扇門就會重重關閉、上鎖……門邊站著一位陌生編號，他個子矮小，有一張大眾臉，混在成千上百人中難以辨認，可他手臂長得出奇，直到膝部，彷彿匆忙之下，誤裝了別人手臂。

一條長臂伸了出來，擋住我的去路。

「您要去哪？」

於是我明白，他並不曉得我知道所有內情。也罷，或許這是必要的。於是我故意用高高在上的尖銳語氣說：「我是『積分號』的建造者，是我指揮這次的試飛，懂嗎？」手臂收了回去。

我走進休息室。一顆顆頭髮花白的腦袋，還有發黃的、卸頂的、長斑的腦袋——全都俯身觀看儀器與圖表。我一眼掃過所有人，然後退出去，沿著通道衝下舷梯，進入引擎室。點火爆炸後管路燒得赤紅，裡頭溫度極高，噪音轟響；閃亮的曲柄宛如酒醉般瘋狂蹦跳；刻度盤的指針始終微微顫動，一秒都不停歇……

就在那裡——終於——我看到他站在轉速表旁，正壓低額頭盯著手中的筆記本……

「聽著……」噪音太大，我必須對著他的耳朵大吼：「她來了嗎？她在哪裡？」

額頭之下的陰影露出一抹微笑。

「她？在那兒，無線電室……」

於是我衝進無線電室。裡面有三個人，全都戴著附有耳機、彷彿插了雙翼的頭盔。她看上去似乎比平時高出了一個頭，耳機閃閃發亮，好似振翅欲飛——就像古代的女武神一樣。上方，無線電天線冒出的巨大藍色火花，以及放電後產生的隱微臭氧氣味，彷彿皆從她身上迸發而出。

「有沒有人……不，就妳吧……」我氣喘吁吁（因爲跑步的緣故）地對她說：「我必須向下方的地球和裝配廠發送訊號，快過來，我口述給妳聽……」

機械室旁邊有一間盒子般的小小艙房。我們並肩坐在桌前，我摸到她的手，緊緊握住。

「怎麼樣？接下來會發生什麼事？」

「我不知道。你能體會嗎？這種感覺太美妙了，不知飛向何方——漫無目的的航行……很快就要十二點了——還不知道會發生什麼事。而到了夜晚……你我今晚會在哪裡呢？可能在草地上、乾燥的樹葉上……」

她身上又迸發出藍色火花與電流的氣味，而我顫抖的頻率越來越甚。

「寫下來。」我大聲說道，依然氣喘吁吁（因爲跑步的緣故）。「時間：十一點三十分。速度：六千八百……」

她戴著宛如插了雙翼的頭盔，垂眸看著紙張，低聲說：「……昨晚她帶著你的字條過來……我知道——我全都知道，別說話。但那孩子是你的吧？我把她送過去了——她已經出了綠牆。她會活下去的……」

我又回到指揮室。窗外仍是兼有黑色星空與炫目陽光的迷幻夜晚；牆上時鐘的指針一拐一拐，緩慢地一分接一分前進。一切事物彷彿籠罩在迷霧中，極其隱微地瑟瑟顫動（僅有我一人覺察）。

不知為何，我覺得：假如這一切不是發生在這裡，而是在下方，離地球更近一點的地方，那就更好了。

「停！」我對著話筒喊道。

由於慣性——整艘星艦依然向前行進，然而速度越來越慢、越來越慢。此際，「積分號」彷彿被一根髮絲勾住了，動也不動地停滯了一秒鐘，接著，髮絲斷了——「積分號」如同石頭般向下墜落——速度越來越快。在一片靜默中，幾分鐘過去了、數十分鐘過去了——我聽見自己的脈搏跳動——眼前的時針越來越接近十二點。我內心清楚：我就是這塊石頭，I是地球，而我這顆被拋擲出去的石頭，急不可耐地想要向下墜落，猛烈撞擊地面，粉身碎骨……可如果……下方已經是堅固的藍色雲霧……萬一……

然而我體內的留聲機靈活且精準地抓起話筒，下達指令：「低速行駛！」石頭停止墜落，現在僅剩下方的四具操縱引擎疲憊地噗噗噴氣——兩具在艦尾、兩具在艦首——以此抵銷「積分號」的重量，維持高度。於是「積分號」微微顫動了一下，彷彿投了錨似地，在空中穩穩停住。這時我們距離地面約一千公尺。

眾人湧上甲板（現在快要十二點了，午餐鐘聲即將響起），將身子探出玻璃船緣，急切而貪婪地飽覽下方位於綠牆之外的未知世界。那裡有琥珀色、綠色、藍色，分別是秋天的森林、草原和湖泊。而在藍色小碟子般的湖泊邊緣，有幾處僅存骨架的黃色廢墟，還有一根嚇人的枯黃指頭——應該是某座古代教堂的塔樓，奇蹟似地留存下來。

「看哪、看哪！看那邊——靠右邊的地方！」

那裡，在一片青綠荒野上，有一團點狀的棕色陰影飛快移動。我手中握著望遠鏡，機械化地將其舉到眼前：只見一群棕馬甩動尾巴，奔馳在原野上，野草漫過牠們的胸部，騎在馬背上的是那些生物——深褐色、白色、黑色皮膚的……

我身後傳來一個聲音。

「我跟您說——我看到一張臉。」

「少來了！您跟別人說去！」

「喏，望遠鏡給您，您自己看……」

然而牠們已經消失了，只剩一望無際的綠色荒野……

這時，鐘聲刺耳的顫音響起——響徹整片荒野，將我整個人、以及全船所有人都籠罩起來。午餐時間到了，再過一分鐘就是十二點整。

世界霎時分散成許多毫無關聯的碎片。有人的金色名牌落在階梯上——我毫不在乎，用腳把它踩個粉碎。一道聲音響起：「我就說嘛——那是一張人臉！」眼前出現一個黑色方形物：休息室的門開了。還有一副緊咬的雪白牙齒，露出尖銳微笑……

正當鐘聲無比緩慢、一下接一下毫不停歇的敲響之際，前方的隊伍已開始往休息室移動——忽然，那道方形大門被兩條眼熟且長得出奇的手臂擋住了。

「停步！」

有人的指尖刺入我的掌心——是I，她正站在我旁邊。

「他是誰？你認識他嗎？」

「難道……難道他不是……」

那人被舉到別人肩上，俯視下方上百張臉孔——他那張臉，既像千百大眾一樣平凡無奇，卻又獨一無二。

「謹代表保衛者……我向你們宣布——你們這些人聽好了，每個人都給我聽清楚——我告訴你們，我們知道你們的計畫。我們還不曉得你們的編號，可我們知道你們的存在。『積分號』絕不可能落到你們手上！試飛將進行到底，至於你們——你們現在最好不要輕舉妄動——你們給我乖乖操作，完成這次試飛。然後……好了，我言盡於此。」

周圍一片沉默。我腳下的玻璃地板彷彿成了棉花，軟綿綿的，我的雙腿也軟得如同棉花。她在我身旁——露出慘白無比的微笑，渾身迸發憤怒的藍色火花。她咬牙切齒，在我耳邊說道：「啊，這是您幹的吧？您履行了您的義務？好啊，很好……」

她把手從我手心抽回去。張著憤怒之翼的女武神頭盔飛快走到遙遠的前方。我一個人愣在原地，沉默地跟隨眾人腳步，走進休息室。

「可是，不是我幹的啊——不是我！我沒有跟任何人提起這件事，除了那些不會說話的白紙……」我在心裡無聲而絕望地朝她高聲吶喊。

她坐在桌子對面，就在我正對面——而她甚至沒有看我一眼。坐在她旁邊的是一個腦袋發黃、長斑的禿頂老人。

我聽見I說：「『高尚』？不，親愛的教授，只要對這個詞進行簡單的語言學分析——就會證明這是一種偏見，是古代封建思想的遺毒。而我們……」

我感覺自己面無血色——很快眾人就會注意到了。可我體內的留聲機依然完成了每口食物咀嚼五十下的規定動作；我把自己封鎖起來，如同關進一座不透明的古代房屋——我用許多石頭堵住門口，並且放下窗簾……

稍後——我手中拿著指揮話筒，我們在一片冰冷、宛如臨終之際的苦悶氣氛下航行——穿過雲層——飛入日星同輝的冰冷夜晚。時間一分又一分、一小時接一小時地流逝。顯然，我腦中無聲的邏輯引擎——始終瘋狂地全速運轉。因爲，我忽然在深藍太空的某個點上，看見自己的書桌，而桌面上——是U那張魚鰓臉，還有我忘記收起來的筆記。我明白了：正是U，沒有別人了——一切眞相大白……

唉，要是我能……我得……我得去無線電室找她解釋……

她那帶翼的頭盔、藍色閃電的氣味……我記得自己高聲跟她說話，也記得她的目光穿透我，彷彿我是塊透明玻璃——連她的聲音都像是從遙遠的地方傳來。

「我很忙，正在接收地面傳來的訊息。請去指揮積分號吧……」

在盒子似的狹小艙房內，我思索了一分鐘，毅然開口：「時間：十四點四十分。下降！關閉引擎，結束試飛。」

我回到指揮室。「積分號」的機械心臟已經停止跳動，我們正在向下墜落，我的心跳跟不上墜落的速度，不僅遠遠落後，還越跳越高，幾乎躍至喉頭。先是雲層——然後是遠方的綠色小點——顏色越來越鮮明、林葉越來越清晰——如旋風般疾速朝我們襲來——很快就要結束了——

副工程師那張蒼白、扭曲的瓷盤臉忽然出現。想必就是他——用盡全力推了我一下，我的頭不知撞到什麼東西，栽倒在地上，陷入黑暗前，我模糊聽見——

「啟動艦尾引擎——全速前進！」

星艦猛然向上竄升……後續之事我就完全沒記憶了。

筆記三十五

摘要：
頭箍裡．胡蘿蔔．謀殺

我徹夜未眠。一整晚，我腦中始終縈繞著一個念頭……

經過昨天的事故，我的頭部緊緊纏著繃帶。不過，我認爲這並非繃帶，而是一圈頭箍，一個鉚接[1]在我頭部、殘酷無情的玻璃鋼[2]箍——而我的思緒始終繞著這個精心鍛造的圓箍打轉：殺了U、殺了U。然後去找I，對她說：「現在妳相信了吧？」最令我厭惡

1 使用鉚釘將兩種以上的物體永久固定在一起。

2 一種纖維強化塑膠，以合成樹脂作爲基質的複合材料。因具有輕便、耐腐蝕、絕緣、防水、防潮等優點，常用於製造運動用具、機器零件、汽車和船舶的外殼等。

的是，殺戮是一種骯髒的原始行爲，一想到要去敲碎別人的腦袋——我就產生一種奇怪的感覺，口中泛起噁心的腥甜味道，我無法吞嚥唾液，只能不停朝手帕吐口水，導致嘴裡發乾。

我衣櫃裡有一根沉重的活塞桿[3]，它在鑄造時斷裂了（我原本想用顯微鏡觀察它的斷面結構）。我把筆記捲成一個圓筒（她愛看我的東西是吧——就讓她看個徹底），再把斷裂的活塞桿塞進裡頭，提著它下樓。樓梯彷彿沒有盡頭，臺階溼漉漉的，滑溜得令人討厭；我沿途不停用手帕抹嘴……

到了樓下。我的心臟怦怦直跳。我停下腳步，抽出活塞桿——走向管理員桌——可U不在那裡，桌面冰冷，空無一物。我想起來了：今天所有工作暫停，眾人都得去接受手術，因此她沒必要留在這裡，不會有人前來登記……

我走上街。外頭狂風大作，黑壓壓的天空彷彿由飄揚的鐵片鑄成。於是，就如同昨日某個時刻一樣，我感覺整個世界分裂成無數獨立而特殊的尖銳碎片，而每個碎片都在急速墜落，在我面前短暫停留一秒，旋即又蒸發得無影無蹤。

就好比這張紙上工整的黑色字母——假如它們忽然離開了原本的位置，驚恐地四散逃

3 支持活塞工作的連接部件之一。

逸——那就拼不出一個完整的詞語，只是毫無意義的組合：「驚——四——逸」。街上的人群也是這般散亂，眾人不再列隊行走，而是分散成小群組——時而前進、時而後退，時而斜走、時而橫行。

這時，街上已經不見人影。我拚命向前奔跑，瞬間又停下腳步：二樓那邊的一個房間，宛如懸掛在半空的玻璃牢籠——裡頭站著一對男女——他們相互親吻——女子整個人彷彿斷折似地向後仰，這是最後的永恆之吻……

街上某個角落——有一群人頭如灌木叢般晃動，他們上方飄著一面旗幟，上頭寫道：「打倒機器！打倒手術！」而從我體內分離出來的另一個我，頓時冒出一個念頭：「是否我們每個人都懷有如此強烈的痛苦，以致於能夠消除痛苦的唯一方式就是連同心臟一併摘除？所以在手術之前，每個人都需要做點什麼事情——」有一瞬間，我感覺世界上所有的一切都消失了，僅剩我那野獸般的手握著沉甸甸的鑄鐵桿……

這時，一個男孩出現了：他噘起下唇，彷彿捲起的袖口，唇下有道陰影。他使盡全力向前狂奔——臉孔扭曲、大聲哭泣——有人在追他——他身後傳來沉重的腳步聲……

這個男孩提醒了我，「對，U現在應該在學校，我得快點。」我跑向最近的地下道。入口處，有人跑過我身邊，一邊喊道：「沒開！地鐵今天沒開！那裡——」

我走下去，那裡一片混亂。多稜體的水晶玻璃如無數太陽般閃爍生輝，月台上密密麻廂，擠滿人頭。只有一部空蕩蕩的列車停在那裡，動也不動。

寂靜之中，響起了一個聲音。是她——儘管看不見她的身影，可我認得、我認得這柔韌靈活，如同鞭子破空的嗓音——就在那兒某處，有兩道上挑的眉梢，聳入雙鬢，形成一個銳角三角形……

我大喊：「讓開！讓我過去！我必須——」

然而，有人鉗住我的手臂和肩膀，將我牢牢釘在原地。

寂靜中，那道嗓音說：「……不，快上去吧！在那裡，他們會治癒你們，用奶油般甜蜜的幸福餵飽你們，心滿意足的你們會安然入睡，整齊劃一地發出規律鼾聲——難不成你們還沒聽見這首偉大的鼾聲交響曲？你們這些可笑的傢伙，他們打算讓你們從蠕蟲般痛苦嚙咬、彎曲盤繞的問號中解脫，你們卻還杵在這裡聽我演講。快呀——快上去——接受偉大的手術！我一個人留在這裡，與你們何干？如果我不希望別人幫我做決定，我要自己做決定——那又與你們何干？假如我想要的是不可能的……」

另一個人開口了——語調緩慢且沉重：「嗯哼？不可能的？言下之意是——追逐妳那愚蠢的幻想，看它們在妳面前搖晃尾巴？不，我們要抓住這根尾巴，掌控它，然後……」

「然後——呑掉它，呼呼大睡——你面前又會出現一條新的尾巴。據說古代有種動物叫驢子，爲了讓驢子向前走，人們會在車轅繫上一根胡蘿蔔，吊在驢子面前，讓牠看得到卻吃不到。假如驢子咬到胡蘿蔔，吃下去……」

忽然，鉗制我的力量鬆開了，我連忙衝向人群中央，她演講的所在之處——可就在這時，人群開始騷動，相互推擠——後方有人大喊：「來了！他們來了！」燈光一閃，旋即熄滅——有人切斷了電線——人潮洶湧四散，尖叫聲、喘息聲源源不絕，無數人頭、手指在周圍流竄……

我不曉得我們在地鐵隧道內奔逃了多久，終於——我看見階梯——先是一道昏暗的光線——越來越亮——我們又回到街上——呈扇形朝不同方向散去……

我又是一個人。風聲蕭蕭，灰暗的暮色低垂，壓在我的頭頂上。人行道潮濕的路面上——在極深之處，倒映著燈光、牆壁與頭下腳上的行走人影。我手裡那卷稿紙無比沉重——將我拖向深處，直到底部。

樓下的桌前仍不見U的蹤影，她的房間黑漆漆的，空無一人。

我上樓回到自己房間，打開電燈。緊繃的頭箍使我的太陽穴突突跳動，我依然被禁錮在同一個圈子，不停打轉：桌子、桌上的白色紙卷、床鋪、門、桌子、白色紙卷……左側房間的窗簾降了下來；右側房間，有個長滿疙瘩的禿頭埋首於書本中，他的額頭就像一道巨大的黃色拋物線，額上的皺紋如同一排潦草、難以辨識的蠟黃字跡。偶爾，我們的目光交會——這時我總會有種感覺——這些蠟黃字跡與我有關。

事情發生在二十一點整。U自己來到我的房間。我只清楚記得一點：我的呼吸特別粗重，自己都能聽見喘氣的聲音，我試圖控制，卻辦不到。

她坐下來，撫平雙膝間的制服皺褶。紅褐色的魚鰓臉不停抖動。

「啊，親愛的，原來您真的受傷了？我一聽到這個消息，立刻就……」

活塞桿就擺在我面前的桌上，我跳起來，呼吸益發粗重。她聽見了，話說到一半便停住了，跟著站了起來。我已經看準她頭頂的部位，嘴裡泛起一陣噁心的腥味……我的手帕——不見了——於是我吐在地板上。

坐在右牆後方的那個人總在窺視我，額頭的蠟黃皺紋布滿我的事跡。我絕不能讓他看見，要是他看到了，會變得更加麻煩……我按下按鈕——我沒有權利這麼做，不過現在這些都無所謂了——窗簾降了下來。

她顯然有所感覺，明白即將發生什麼事，慌忙衝向門口。可我搶先她一步，喘著粗氣，眼睛始終盯著她頭頂那個部位……

「您……您瘋啦！您竟敢……」她連連後退，一屁股坐在——不，確切地說，是摔在床上，雙手合十夾在雙腿間，抖個不停。我像一根緊繃的彈簧，依然緊盯著她不放，緩緩將手伸向桌面（我只剩一隻手能移動）——抓住活塞桿。

「我求求你！再給我一天——只要一天就好！我明天——明天就去，把一切辦妥……」

她在說什麼啊？我舉起手臂——

我認爲，我眞的會殺了她。沒錯，我不知名的讀者們，你們有權叫我殺人犯。我知道，若不是她忽然叫喊起來，我手裡的活塞桿就會落在她腦袋上。

「看在……看在……我同意——我……現在就做。」

她雙手發抖，扯掉身上的制服——肥大、蠟黃的鬆弛身軀向後倒在床上……這時我才明白，她以爲我放下窗簾是爲了……她以爲我想要……

這實在是太過出乎意料、太愚蠢了，我不禁哈哈大笑。體內繃緊的彈簧頓時斷裂，手掌一鬆，活塞桿重重落在地上。這時我才親身體會到——笑聲是最強大的武器；笑聲可以毀滅一切——包括謀殺。

我坐在桌前，笑個不停——笑到最後只剩絕望——我找不到出路脫離這荒謬的處境。我不知道，假如任由事態自然發展，最終會有什麼結果——可是此刻，忽然有新的外部因素插了進來：電話響了。

我衝過去抓起話筒，或許是她打來的？然而話筒那端傳來一個陌生聲音：「請稍候。」

接著是令人厭煩、沒完沒了的嘟嘟聲。話筒那端，一道沉重如鐵的腳步聲由遠及近，回音越發響亮、沉重——然後……

「D－503？嗯哼……我是至恩主，立刻過來見我！」

叮的一聲——電話掛斷了——又是叮的一聲。

U仍躺在床上，閉著雙眼，臉上的微笑使魚鰓大大張開。我從地上抓起她的衣服，丟到她身上，咬牙說道：「拿去！快穿上——快點！」

她用手肘支起身體，乳房垂向兩旁，雙眼圓睜，整個人如同一尊蠟像。

「怎麼回事？」

「就是這麼回事，快把衣服穿好！」

她全身縮成一團，緊緊抓住衣服，聲音扁平地說道：「轉過去……」

我轉過身，將額頭貼上玻璃。燈光、人影、火花在漆黑潮濕的鏡面上瑟瑟顫動。不，是我——是我內心在顫抖……他爲何召見我？莫非他已經知道了她的事、我的事和所有的一切？

U已經穿好衣服，走到門口。我跨兩步來到她面前——死命握住她的手，彷彿要從她手中一點一滴擠出我需要的答案。

「聽著……她的名字——您知道我說的是誰——您說出她的名字了嗎？沒有？跟我說實話——我必須知道……我什麼都不在乎——只要告訴我實話……」

「沒有。」

「沒有？可是爲什麼呢？既然您都去舉報了……」

她忽然噘起下唇，像那個小男孩一樣——淚水從她臉上，順著雙頰滑落……

「因爲我……我怕，假如我說出她的名字……您可能……您就不會愛……喔，我不能——我做不到！」

我明白她說的是實話。荒謬可笑卻又符合人性的實話。我打開門。

筆記三十六

摘要：

空白頁．基督教的上帝．我的母親

眞奇怪——我腦中彷彿多了一張空白頁：我是如何走到那裡，又是如何等待（我知道我等了一會）——我什麼都不記得，聲音、面容、動作分毫都不記得，彷彿我和世界的所有聯繫都給切斷了。

當我回過神來——已經站在他的面前，我不敢抬起眼睛，只能看見他那雙擱在膝上的巨大鐵掌。這雙手沉沉壓在他身上，連膝蓋都彎了。他慢慢地動了動手指。他的臉龐位於上方高處，好似蒙上一層雲霧。或許是因爲他的聲音從這麼高的地方傳來，並不像雷鳴般震耳欲聾，反而像是普通人的音量。

「這麼說——您也是囉？您——『積分號』的建造者？您——本該成爲最偉大的征服

者。您——本應留名青史，為聯眾國開啟燦爛輝煌的嶄新篇章……您卻？」

熱血衝上我的腦袋與臉頰——腦中又是一頁空白，只聽見太陽穴的脈搏鼓動和頭頂傳來的洪亮嗓音，可他說的話，我一個字都記不得。直到他停下來，我才回過神，看見他緩緩挪動千斤重的巨掌——伸出一根指頭指向我。

「嗯？您為何沉默不語？我是劊子手嗎？是或不是？」

「是。」我乖乖回答。接下來，他說的每一個字，我都聽得清清楚楚。

「怎麼？您以為我害怕這個詞？您試過揭開它的外皮，看看裡頭長什麼樣子嗎？我現在就告訴您。回想一下這個場景：一座青色山丘、十字架和一群人。山上的人渾身濺滿鮮血，忙著把一個人釘上十字架；山下的人淚流滿面，全程觀望。您不覺得，山上的人所扮演的角色才是最為困難和重要的嗎？如果少了他們，這齣莊嚴悲劇還能上演嗎？愚昧的群眾對他們報以噓聲，可這齣悲劇的真正作者——上帝——應該要賜給他們更加豐厚的報酬。而基督教最為仁慈的上帝本身，則是將所有不順從之人，投入地獄之火慢慢焚燒——祂難道不是劊子手嗎？基督徒架在火刑柱上燒死的人難道會少於被燒死的基督徒嗎？然而——您是知道的，這位上帝數個世紀以來一直受到頌揚，稱其為仁愛的上帝。荒謬嗎？不，正好相反，這是以鮮血寫就的——人類不朽智慧的證明。即便在野蠻的原始時期——人類就了解到：人性中真正的、代數意義的愛——必然是非人道的，而真理的必然特點就是——殘酷。正如火焰的特性就是燃燒。您說說看，世上有哪一種火焰不會灼人？喏，反駁呀！證明我是錯的！」

我怎能反駁？我如何能夠反駁？這番話曾是我（過往）的思想——只是我從來無法用如此精煉、燦亮的鎧甲將其武裝。於是我沉默不語……

「如果您的沉默意味著您同意我的說法——那就讓我們像兩個把孩子送去睡覺的成年人一樣，開誠布公地談一談。我問您：人類自出生起便祈禱、夢想、苦求的東西是什麼？就是有人能一勞永逸地告訴他們何謂幸福——然後用鎖鏈將他們和幸福牢牢綑在一起……我們現在做的不正是這件事嗎？古人夢想著天堂……可您回想：天堂裡的人不再有欲望，沒有憐憫，也沒有愛，那些蒙福者——也就是天使，上帝的僕人——全部動過切除幻想的手術（唯有如此才能獲得賜福）……而現在，當我們已經追上這個夢想，將其牢牢緊握之際（——他緊緊捏住拳頭：假如他掌中有顆石頭——大概能從裡面擠出水來），我們只需將獵物剝皮、切分成塊——可就在這個時候，您——您卻……」

沉重如鐵的轟鳴話語陡然停頓。我滿臉通紅，彷彿砧台上經過大錘敲打的燒紅鐵塊。錘子默默懸在空中，我只能等待——這種懸疑更讓人恐懼……

忽然，他開口：「您幾歲了？」

「三十二。」

「而您虛長了一倍歲數——還像十六歲的孩子一樣天眞！聽著，難道您從來就沒想過，他們——我們還不知道他們的名字，不過我確信我們會從您口中得知——他們之所以需要您，僅是因爲您是『積分號』的建造者？他們只是透過您……」

「不！不！」我大喊。

……此舉就像對著子彈高呼並且用手阻擋一樣徒勞：那句可笑的「不」猶在耳畔迴響，而子彈早已穿透你，你倒在地上痛苦抽搐。

是的，沒錯，我是「積分號」的建造者……是的，沒錯……霎時我想起U那憤怒的臉，磚紅色的魚腮不停抖動——那天早上，她們倆都在我房間……

我記得很清楚：自己笑了起來——抬眼向上看。在我面前坐著一個擁有蘇格拉底式的禿頭男子，禿頭上布滿微小汗珠。

一切是如此顯而易見，俗套到了極點，卻又簡單得可笑。笑聲無法遏制地陣陣湧現，我喘不過氣。我捂住嘴，飛快衝了出去。

階梯，風，濕潤、跳動的破碎光點與臉孔在眼前閃動，我邊跑邊想：「不，我一定要見到她！只要再見她一面就好！」

這時——我腦中又是一頁空白，只記得看到無數隻腳。不是人，而是腳——上百隻腳踩著混亂的步伐，重重落在馬路上，宛如沉重的雨點。有人唱著輕快調皮的歌曲，還有人高聲叫喊——應該是對著我喊道：「喂！喂！過來啊，加入我們！」

然後——我發現自己站在空蕩蕩的廣場上，狂風鋪天蓋地襲來。廣場中央擺著一座陰暗、沉重、恐怖的龐然大物——至恩主的死刑機。看見這台機器，我腦中彷彿回音般忽然浮現一幅畫面：潔白發亮的枕頭上，仰躺著一顆頭顱，眼眸半睜半閉，露出一排尖銳、甜美的牙齒……這一切與死刑機聯繫在一起，顯得荒唐而恐怖——我知道爲何會產生這種聯想，可我仍不願去面對，也不願大聲說出來——我不想，我不要！

我閉上眼，坐在通往死刑機的台階上。應該是下雨了，我臉上濕淋淋的。遠處傳來模糊的喊叫聲，可是沒人聽見，沒人聽見我在呼喊：救我出來吧！救救我吧！

假如我和古人一樣，擁有母親就好了，一個專屬於我的——母親。對她而言，我不是「積分號」的建造者，不是編號D－503，也不是聯眾國的一個分子，而是單純的一個人——是她的一部份，被蹂躪、輾壓、拋棄的一部份……哪怕是我把別人釘上十字架，或者別人把我釘上十字架——可能兩者都一樣——她都能聽見別人聽不見的呼喊，用她那蒼老且布滿皺紋的嘴唇親吻我……

筆記三十七

摘要：

纖毛蟲[1]．世界末日．她的房間

早上在餐廳，我左邊的人惶恐地低聲對我說：「快吃啊！他們都在看您！」

我用盡全力擠出一絲微笑，感覺這抹微笑就像臉上的一道裂縫：笑容使這道裂縫的邊緣越來越大——我也越發感到痛楚……

接著，我好不容易用叉子戳起一小塊食物，手卻在這時抖了一下，叉子「噹」的一聲掉落在盤子上——霎時，桌子、牆壁、杯盤和空氣都叮噹作響，震盪不已；同時，外頭傳來一記威力十足的轟響，聲勢直上雲霄——越過頭頂，掠過房屋，傳向遠方——然後聲量

1 具有纖毛的單細胞生物。

逐漸減弱、消失，如同水面上的漣漪。

我看見許多臉孔瞬間失去血色，變得蒼白，塞滿食物的嘴停止咀嚼，叉子凍結在半空中。

隨後一切陷入混亂，脫離連綿數個世紀的運行軌道。眾人全都跳了起來（沒有唱頌歌）——胡亂咀嚼嘴裡的食物，匆匆吞下，一邊嗆咳、一邊抓住對方問道：「怎麼了？發生什麼事？怎麼了？」曾經偉大和諧的國家機器已然變成凌亂碎片，眾人紛紛衝向電梯、樓梯——臺階上充斥著紛雜的腳步聲——破碎的話語如同撕碎的信紙，在風中飛散……

鄰近的房屋同樣有人群湧出。不過一分鐘的時間，整條大街彷彿顯微鏡下的一滴水珠：成群的纖毛蟲被封在如玻璃般透明的水滴中，驚慌地四處亂竄。

「啊哈！」有人發出興高采烈的聲音。我看見這人的後腦勺和一根指向天空的手指——我記得無比清楚，他那泛黃的粉紅指甲，底端還有一道白色弧形，彷彿剛從地平線探出頭的半截月亮。這根手指有如指南針，上百雙眼睛循著手指，看向天空。

天上的雲朵彷彿在躲避某個無形的追緝者，不停飛竄，相互傾軋、躍遷——保衛者的黑色飛行器將雲層染上暗影，裡頭伸出象鼻般的黑色探視管——而在更遠處——在西邊，出現了某種像是——

起初沒人知道那是什麼，連我也是，儘管我應當比別人更清楚（真不幸）。那像是一團龐大的黑色飛行器，飛得極高，速度又快，幾乎成了看不見的飛動小點。牠們越飛越近，天空傳來嘶啞、粗嘎的叫聲——終於，鳥群出現在我們頭頂上方。這團漆黑、尖銳的三角形遮蔽了天空，並且發出刺耳叫聲。強風迫使牠們下降，牠們紛紛落在穹頂、屋頂、電線杆和陽台上。

「啊哈！」那個興高采烈的傢伙轉過頭來——我發現竟是那個蹙緊眉頭的男子。可這詞如今已不再適用於他，那對彷彿永遠緊蹙的眉頭徹底舒展開來，而他的臉上，在雙眼與唇邊——冒出一簇簇細如髮絲的明亮光芒，他面露微笑。

「您明白了嗎？」在呼嘯的風聲、鳥群撲翅與啞啞啼聲中，他朝我喊道：「您明白了嗎？是綠牆——綠牆被炸毀了！——您明白了嗎？」

同時，我看見後方街道不時有人影閃過，他們伸長脖子，加快腳步衝進屋裡；而在馬路中央，有一群動過手術的人，他們的動作看似緩慢（體重的關係）卻又迅速，宛如洪流般大步朝西面趕去……

髮絲般的光束在他的嘴角與眼周跳動。我抓住他的手，問道：「聽著，她在哪裡？I在哪裡？在綠牆那裡嗎？還是……我必須——你聽見了嗎？馬上告訴我，我不能……」

「在這裡！」他像喝醉似的，歡快地朝我大喊，露出一口黃板牙。「她就在這裡，在城裡，在行動。噢，我們在行動！」

我們是誰？我又是誰？

他身邊約莫聚集了五十個人，同他一樣——陰鬱糾結的眉頭舒展開來，高聲嚷叫，歡快大笑，露出一口硬實利齒。他們張大嘴迎向狂風，手裡揮舞著看似無害的電擊器（從哪弄來的？）——同樣朝西面走，跟在那群動過手術的人身後，卻繞道平行的第四十八大街……

我頂著狂風編織的粗繩拍打，跌跌撞撞地奔向她。為什麼？我不知道。我腳步踉蹌，只見街道一片空蕩，彷彿置身於陌生的蠻荒城市，鳥群洋洋得意叫個不停，一幅世界末日光景。透過玻璃牆，我看見（這一幕牢牢刻在我記憶中）幾個屋內有男女編號正忝不知恥地交媾——沒有粉紅票，甚至連窗簾都沒放下來，就在光天化日之下……

到了她住的那幢房子。只見大門茫然敞開，樓下的管理員桌空無一人。電梯卡在井道中，我喘著粗氣跑上永無止盡的樓梯。進了走道——快了——門上的數字彷彿輪輻一樣逐一閃過：３２０、３２６、３３０……I－３３０，到了！

從玻璃門望進去，房內傢俱物什四處散落，一團凌亂。椅子四腳朝天倒在地上，彷彿一條死狗——應當是倉促間碰翻了；床鋪不知為何被推開來，斜對著牆；地板上散落許多粉紅票，宛如踐踏後的凋零花瓣。

我彎腰拾起一張、兩張、三張粉紅票，上面全都寫著D－５０３——每一張都有我

——是我融化、滿溢的點點滴滴。唯一剩下的就是這些了……

不知爲何，我無法任由這些票券落在地上，任人踐踏。於是我拾起一把放到桌上，小心翼翼撫平，看著票券——然後……笑了起來。

以前我不知道這一點——可現在我知道了，你們也知道了：笑聲擁有不同色彩。笑聲只是你內在爆炸的遙遠回音：它可能是紅色、藍色、金色的節日煙火，也可能是飛到空中的人體碎片……

有幾張票上出現一個我完全不認識的名字。我不記得編號，只記得字母：F。我把所有票券掃到地上，用腳踩踏——踩在我自己身上——用鞋跟狠狠踐踏——然後離開……

我回到走廊，坐在她對門的窗台上——呆呆地等了許久。左邊傳來一陣啪噠作響的腳步聲。那是一個老人，他的臉龐像是一個空虛、破洞的皺縮氣囊——而這個破洞仍不停滲出透明液體，緩緩向下淌落。慢慢地，我恍惚意識到，那是淚水。可直到老人走遠了——我才回過神來，朝他大喊：「聽著，聽著，您知不知道I－330……」

老人轉身，絕望地擺擺手，繼續蹣跚前行。

我在黃昏時分回到家中。西邊的天空每一秒鐘都有藍白色的光線抽搐跳動，——從那個方向隱約傳來低沉的轟鳴聲。屋頂上覆滿了燒成焦炭的死鳥。我躺在床上，睡意像隻野獸急撲而來，壓得我幾乎窒息……

筆記三十八

摘要：

不知該用什麼標題，或許可以一言概括：丟棄的香菸

我醒過來——一道明亮的光線刺痛我的眼睛。我瞇起眼，腦中好似瀰漫著一股具有腐蝕性的藍煙，一切都被包覆在煙霧之中。透過煙霧，我心想：「可我沒有開燈啊——怎麼會……」

我跳了起來。I坐在桌前，一手支著下巴，帶著諷刺的笑容看著我……

而現在，我坐在同一張桌前寫字。那段十或十五分鐘的時間——彷彿有人殘酷地旋緊時鐘發條——已經過去了。可我總覺得，她才剛關上房門，我仍有機會追上她，抓住她的手——也許她會笑起來，並開口說……

I坐在桌前，我衝向她。

「妳，妳！我去了——我看過妳的房間——我以爲妳……」

可話說到一半，我撞上她那銳利如矛、毫不眨動的睫毛，便停住了。我想起那天在「積分號」上，她也是用同樣的目光看著我。我必須立刻——在一秒鐘內把一切經過告訴她——得讓她相信我——否則她永遠不會……

「聽著，I——我必須……我必須告訴妳一切……不，不，現在先讓我喝口水……」

我嘴巴好乾，彷彿裡面貼了一層吸墨紙。我灌了一杯水，可沒什麼用，我把杯子放回桌上，雙手緊緊抓起玻璃瓶。

這時我看見：那抹藍煙——來自她的香菸。她把菸舉到唇邊，貪婪地吸了一口——如同我喝水的動作。然後她說：「不需要，什麼都別說了。你瞧，不管如何，我還是來了。下面還有人在等我，而你希望在我們這最後的時刻裡……」

她把香菸丟到地上，整個人探出座椅的扶手傾向後方（那邊的牆上有按鈕，她很難搆到）。我記得，當時椅子一晃，兩隻椅腳便離開地面，懸在空中。接著，窗簾降了下來。

她走過來，緊緊摟住我。她的膝蓋透出衣裙——彷彿一種溫暖、柔和、徐緩蔓延至全身的毒藥……

忽然間……有時當你完全沉浸在甜蜜溫馨的夢鄉時——忽然間，有什麼東西螫了你一下，你渾身一震，雙眼圓睜，清醒過來。現在就是這樣：我想起散落在她房間地板上，佈滿腳印的粉紅票，其中一張寫著字母F和幾個數字……它們在我腦中糾成一團，直到現在我仍說不清這是一種什麼感覺，可我用力鉗緊她，使她痛得叫了起來……

又過了一分鐘——在這十或十五分鐘的時間裡，她仰躺在潔白發亮的枕頭上，眼眸半睜半閉，露出一排尖銳、甜美的牙齒。這幅畫面始終縈繞在我腦中，使我產生某種荒謬而痛苦的聯想，我不可以——不該在此時此刻去想這件事。於是我更加溫柔、也更加殘酷地扼住她——在她身上留下更加深刻的藍色指痕……

她閉著眼睛（我注意到了這點），開口問道：「聽說，你昨天見了至恩主？是眞的嗎？」

「是啊，是眞的。」

她猛然睜大雙眼——她的臉孔迅速發白，我愉悅地看著血色從她的臉上褪去、消失，只剩一雙大眼。

我告訴她一切經過，唯獨——我也不知道爲什麼……不，不對，其實我知道原因——唯獨一件事我避而不提——就是至恩主最後說的那番話，他們之所以需要我只是爲了……

漸漸的，她的五官就像浸泡在顯影劑的相片一樣重新浮現：先是雙頰，然後是潔白的牙齒、嘴唇。她起身，走到鑲著鏡子的衣櫃門前。

我又感到嘴巴發乾。我倒了一杯水，卻吞不下去——我把水杯放在桌上，問道：「妳就是爲了這件事過來？因爲妳需要探聽內容？」

鏡中回望我的——是她那對高高挑起，聳入雙鬢的眉梢，宛如一個尖銳、嘲諷的三角形。她轉過頭，彷彿想說什麼，可終究沒有開口。

不需要開口，我明白了。

跟她道別吧？我移動自己那不聽使喚的雙腿，卻撞到椅子，椅子翻倒在地，毫無生氣——就如同她房間的那張椅子一樣。她的嘴唇冰冷——曾經有一次，我床邊的地板也是這般冰冷。

她走後——我坐在地板上，垂頭望著她丟棄的那截香菸——

我寫不下去了，我不想再寫了！

筆記三十九

摘要：
結局

這一切就像是最後一粒鹽落入飽和溶液[1]中：很快地，針尖大小的結晶開始凝聚、硬化、凝結成塊狀晶體。而我很清楚，我全然下定決心——明早就要完成此事。儘管此舉等同自殺行爲——可或許唯有如此，我才能獲得重生。因爲唯有死亡方能重生。

西邊的天空每一秒鐘都有藍白色的光線抽搐跳動。我腦袋發熱並且痛得篤篤作響。我徹夜枯坐，直到早上七點才入睡，那時夜色已然褪去，天空泛青，佈滿鳥屍的屋頂也變得清晰可見……

1 定溫、定壓下，一定量的溶劑所能溶解溶質的質量達到最大時，稱爲飽和溶液。

我醒來時，已經是十點鐘了（顯然，今天不會有鐘聲）。桌上還擺著昨天那杯水。我貪婪地喝完水，然後衝出門：我必須盡快完成這一切，越快越好。

天空彷彿被暴風雨啃噬一空，一片湛藍，毫無流雲。尖細的陰影邊角，好似由秋天的藍色空氣刻成——纖薄無比，教人不敢碰觸，一碰似乎就會喀嚓碎裂，化作玻璃粉塵四處飛散。我內心也是如此：我不能去想，也不該去想，否則——

於是我不去思考，甚至可能沒有眞正觀看周遭景物，僅是匆匆瞄過而已。不知從何而來的樹枝散落在人行道上，上頭綴的樹葉，有的青綠、有的淡黃、有的深紅。而在上空——飛鳥與飛行器交互穿梭。底下的人們，個個張大了嘴，用手揮舞樹枝。所有的喊叫聲、啞啞聲與嗡嗚聲，想必皆源於此……

而後，我走過一條條宛如經歷瘟疫肆虐，空蕩蕩的街道。我記得自己絆到了某個綿軟的噁心東西，那東西癱在原地，毫無動靜。我俯身查看，原來是一具屍體。他仰躺在地，像女人一樣雙膝彎曲，兩腿大張。他的臉……

我認出那肥厚的黑人雙唇，此刻那唇彷彿仍帶著笑意，露出牙齒，口沫飛濺。他雙眼緊閉，朝我微笑，下一秒——我跨過他的屍體，拔腿狂奔——因爲我再也無法忍受，我必須盡快了結一切，否則——我感覺自己會如同超載的鐵軌般彎折、斷裂……

所幸，在二十步開外，已然可見「保衛部」的金字招牌。到了門口，我停下腳步，深深吸了一口氣，然後走進去。

走廊上排著一條長得沒有終點的人龍，編號們一個接一個排排站在隊伍中，有人手裡抓著紙條，有的拿著厚厚的筆記本。他們緩緩向前移動，挪個兩步——然後又停了下來。

我沿著人龍焦急地來回踱步，腦中似有萬馬奔馳，我抓住他們的衣袖，懇求他們——彷彿一個病患懇求旁人盡快賜予任何東西，在短瞬劇痛中迅速獲得了斷。

有個穿著制服的女人，她把腰帶束得奇緊，兩片圓滾滾的臀瓣明顯突出。她不停扭動臀部，彷彿上頭長了一雙眼睛。她看著我，噗哧笑道：「他肚子痛！帶他去洗手間——在那裡，右邊第二扇門……」

眾人看著我——哈哈大笑。這笑聲使我如鯁在喉，我就要尖叫出聲……或者……

忽然，有人從背後抓住我的手肘。我回頭看，是一對蒼白、形如翅翼的招風耳，可這雙耳朵不若平時那般粉紅，而是腥紅色的。我的喉結上下跳動——彷彿隨時會衝出薄薄的皮膚……

「您爲何會在這裡？」他問道，迅速以視線鑽探我。

我同樣緊緊抓住他。

「快——帶我去您的辦公室……我必須——立刻——說出一切！這樣也好，正好向您說明……這麼做或許很可怕，直接面對您，可這樣也好，這樣也好……」

他同樣認識她，這點讓我更加痛苦；不過，當他聽完我的陳述，或許也會渾身顫慄，屆時我倆就會成爲殺人共犯，在這最後時刻，我不想獨自面對……

門砰地一聲關起來。我記得：有張紙卡在門底下，關門的時候，紙張搔刮地面發出聲響。隨後，恍若氣鐘罩般，一陣奇異、令人窒息的沉默籠罩住我們。假如他開口，只要說出一個字——隨便什麼字——哪怕是最沒有意義的字，我都會馬上吐出所有事情。可他始終沉默不語。

我緊張無比，耳朵嗡嗡作響。我（不敢看他）開口說：「我想——我一直都憎恨她——一開始就是。我抵抗過……可是——不、不，別相信我，我明明有能力，可我不想拯救自己，我想要毀滅，這對我而言曾經是最珍貴的……更確切地說，不是毀滅，而是讓她……即便現在——即便是現在，當我已經知道所有眞相……您知道嗎？知道至恩主召見我？」

「是的，我知道。」

「可是，他對我說的那番話……您了解的，這就好像此刻有人抽掉您腳下的地板——您和桌上的所有東西——紙張、墨水……墨水會潑出來，所有東西都會濺上污漬……」

「繼續說，繼續說！抓緊時間，外頭還有人在排隊等候。」

於是我語帶哽咽、顛三倒四地將記錄在筆記上的所有事情都告訴他，關於眞實的自我以及毛茸茸的自我，和她當時對我手臂的評論——是的，這正是一切的開端——還提到我是如何不願履行自己的義務，如何欺騙自己，她又是如何取得僞造的診斷書，我又是如何一天天地腐化鏽蝕；還有古屋的地下通道，以及如何從那裡走到綠牆外……

講述這一切時——我的話語凌亂破碎、荒唐無序——我不時停頓下來，因爲找不到合適詞彙。S那上下扭曲的雙唇，帶著一絲譏笑，提供我所需的詞彙——我感激地點頭：是的，沒錯……忽然（這是怎麼回事？）——他開始替我敘述，我只需要聆聽即可……

「是的，然後……正是如此，對，沒錯！」

我感覺脖頸處一片發涼，好似塗了乙醚一樣。我艱難地開口問道：「可是怎麼會——您從哪裡得知……」

他沉默不答——唇邊的譏笑變得更加扭曲……然後他開口：「您知道的——您還有事情瞞著我沒說，您列舉綠牆外看見的每一個人，卻漏掉了一個。您想否認？您不記得了嗎？在那一瞬間，您不是看見我了嗎？是啊，沒錯，就是我。」

一陣停頓。

忽然——腦中靈光一閃，我全然明白了：他也是他們的一員……而我在精疲力竭下，用盡最後一絲力氣前來這裡，吐露了一切，我的全部，我所有的痛苦，以爲完成一件壯舉

——結果一切只是荒謬地重演古時的亞伯拉罕與以撒的故事[2]——亞伯拉罕渾身冷汗，已經高舉著刀要殺死自己的兒子——殺死自己——忽然聽見天上傳來一個聲音：「別動手！我只是開個玩笑……」

我死死盯著那副越來越張揚的扭曲笑臉，用手抵住桌子邊緣，緩緩地、緩緩地連人帶椅向後推，接著猛然起身——雙手環抱自己——迅速衝了出去——穿過此起彼落的喊叫聲，跳下臺階，無數大張的嘴從我身邊飛逝而過。

我不記得自己是如何跑進地鐵站的公廁內。上方的一切都在毀滅，歷史上最偉大、最爲理性的文明正在崩毀，而在這裡——諷刺的是——一切如故，平靜美好。想到眼前這一切注定要毀滅，湮沒於蔓生荒草之中，只留下各種神話傳說……

我大聲呻吟起來。與此同時，我感覺到有人溫柔地撫摸我的肩膀。

原來是我的鄰居，他坐在我的左邊。他光禿禿的額頭就像一道巨大的拋物線，上頭的皺紋如同一排排潦草、難以辨識的蠟黃字跡。而這些字跡都與我有關。

「我理解您，我完全理解。」他說：「不過，您必須平靜下來。不需要這樣。一切都

2《創世紀》第二十二章記載亞伯拉罕獻以撒的故事。耶和華爲考驗亞伯拉罕的忠誠，命亞伯拉罕把獨子以撒獻祭。亞伯拉罕遵照吩咐，帶著獨子前往神所指示的地方，正要舉刀殺子時，神派天使阻止他。神稱許亞伯拉罕的忠誠並賜福給他，應許其後裔將多得如同天上的星、海邊的沙。

會回歸正常，必然如此。現在唯一要緊的是，必須讓眾人知道我的發現。您是第一個知道的人，我已經算出來了，無窮大不存在！」

我一臉古怪地看著他。

「是的，是的，我跟您說：無窮大不存在。假如宇宙是無限的，那物質的平均密度應當等於零。而因爲平均密度不是零——這點我們都知道了——那麼，也就是說——宇宙是有限的、宇宙是球形的、宇宙半徑的平方y^2等於平均密度乘以……所以我只需計算出數字係數[3]即可，屆時……您要明白，世間萬物都是有限的、簡單的、可以計算出來的，屆時我們就能獲得哲學上的勝利——您明白嗎？而您，我尊敬的先生啊，您一直大吼大叫，妨礙我完成計算……」

我不曉得哪一點使我更加震驚：是他的發現，抑或是他在末日來臨的此刻依然保有的堅定心志；他手中（我現在才注意到）拿著一本筆記本和一個對數刻度盤。於是我意識到：即便世界要毀滅了，我依然有責任（爲了你們，我親愛的、不知名的讀者啊）——讓我的筆記以完整的形式留存。

我請他給我幾張紙——就在這裡留下最後幾行文字……

---

3 在多項式中，位於未知數符號前的數字。

我想畫下句點——如同古人在埋屍的土坑上豎立一座十字架般，可鉛筆陡然一晃，從我指間滑落……

「聽著，」我拉住我的鄰居。「聽我說，我問您，您必須——您必須回答我，您口中的有限的宇宙會在何處終結？而在終點之外——又有什麼存在？」

他沒來得及回答我，上方傳來紛雜的腳步聲——奔下樓梯——

筆記四十

摘要：
事實．氣鐘罩．我深信

白日。天氣晴朗。晴雨計顯示為七百六十毫米汞柱[1]。我，D－503，真的寫下了這兩百多頁的筆記？莫非我真的有過這些感受——或者說，以為自己曾經感受過這一切？

筆跡——是我的沒錯。而接下來所記錄的——也是相同的筆跡，幸好，只有筆跡相同。現在，不會再出現任何胡言亂語、荒謬比喻和心情感受，只會記錄事實而已。因為我痊癒了，完完全全、徹徹底底地痊癒。此刻我正面帶微笑——我無法不笑：我腦中有根刺被拔掉了，頭腦感覺很輕鬆、空空的。更準確的說，不是空空的，而是再也沒有任何無關

1 大氣壓力的測量單位。

緊要的事可以阻止我微笑（微笑是一個正常人應有的正常狀態）。

記錄的事實如下：那天晚上，我和我那位發現宇宙有限性的鄰居，以及所有跟我們一樣沒有手術證明的人，全被帶走了——送到最近的禮堂（禮堂編號是一一二——不知爲何，我感覺有點熟悉）。在那裡，我們被綁在桌上，接受了偉大的手術。

隔日，我，D－503，主動向至恩主自首，說出我所知道的，關於幸福之敵的一切。爲何先前此事會讓我感到爲難呢？無法理解。唯一的解釋就是，以前的我生病了（靈魂病）。

當天晚上，我和至恩主坐在同一張桌前——我（第一次）坐在著名的毒氣室內。他們把那個女人帶進來，和我當面對質。可那女人始終保持微笑，頑固得不肯開口。我注意到，她有一口潔白尖利的牙齒，非常美麗。

隨後她被送入氣鐘罩下。她的臉色變得無比蒼白，加上雙眸又黑又大——顯得極其美麗。他們開始抽出氣鐘罩內的空氣——她仰著頭，眼眸半睜半閉，嘴唇緊抿——這副模樣使我想起了一些東西。她看著我，用力抓緊椅子扶手——她死死盯著我，直到眼睛完全闔上爲止。然後他們把她拉出來，用電擊讓她恢復意識，再送入氣鐘罩下。如此重複三遍——她依然一聲不吭。其他人（跟這個女人一起帶進來的同夥）就誠實多了——許多人經過第一輪審訊便招供了。明天他們全部都要登上階梯，接受至恩主的死刑制裁。

此事不能耽擱，因爲城市西區依然一片混亂，到處都是屍體、野獸，哭號聲清晰可聞，而且——遺憾的是，有爲數可觀的編號背叛了理性。

不過，在橫貫城市的第四十大道上，我們成功建立一道臨時高壓電牆。我希望——我們能獲得勝利；不僅如此，我深信——我們會獲得勝利。

因爲理性必勝。

國家圖書館出版品預行編目資料

我們／葉夫根尼・薩米爾欽（Евге́ний Ива́нович Замя́тин
）著；何瑄譯——初版——臺中市：好讀出版有限公司，
2023.06
面；　公分，——典藏經典；143）

ISBN 978-986-178-667-4（平裝）

880.57　　　　　　　　　　　　　　　112007934

好讀出版

典藏經典 143

我們

Мы

作　　者／葉夫根尼·薩米爾欽（Евгений Иванович Замятин）
譯　　者／何瑄
總 編 輯／鄧茵茵
文字編輯／莊銘桓
行銷企畫／劉恩綺
發 行 所／好讀出版有限公司
台中市 407 西屯區工業 30 路 1 號
台中市 407 西屯區大有街 13 號（編輯部）
TEL:04-23157795 FAX:04-23144188 http://howdo.morningstar.com.tw
（如對本書編輯或內容有意見，請來電或上網告訴我們）
法律顧問　陳思成律師

讀者服務專線／ TEL：02-23672044 / 04-23595819#212
讀者傳真專線／ FAX：02-23635741 / 04-23595493
讀者專用信箱／ E-mail：service@morningstar.com.tw
網路書店／ http：//www.morningstar.com.tw
郵政劃撥／ 15060393（知己圖書股份有限公司）
印刷／上好印刷股份有限公司
如有破損或裝訂錯誤，請寄回知己圖書更換

線上讀者回函
更多好讀資訊

初版／西元 2023 年 6 月 15 日
定價：360 元

Published by How-Do Publishing Co., Ltd.
2023 Printed in Taiwan

ISBN 978-986-178-667-4